中公文庫

地獄の思想

日本精神の一系譜

梅原　猛

中央公論新社

目次

地獄の思想

日本精神の一系譜

はじめに

『地獄の思想』は、私の最初の書きおろしの著書である。私が仏像学者と協力して仏像の本を書いたのは一昨年であり、二冊の対話の本を出したのは昨年から今年（一九六七年）にかけてであり、論文集を出したのは今年の初めである。しかし、一冊の本を初めから終りまで、書きおろすのは初めての試みなのである。

今、ここに初めての試みの本を出すにあたって、私の心は、むしろ恐怖にふるえる。まだ、私の母胎は、一冊の書きおろしの本を生み出すほど成熟していないのではないか。あるいは、私の生み出したこの子供は、私の勉強不足と出版社の慫慂《しょうよう》のために、いささか月足らずな子供ではないか。この『地獄の思想』という奇妙な名をもった私の子供は、もう一年、あるいは三年、あるいは十年、私の胎内において、じゅうぶん養分を吸収して世に出るべきではなかったか。

私の心にあるこのような反省に、私はなかば同意するのである。けれども、私が今、このような本を書いたのは、私の心のなかにあるつぎのような声に従ったからである。

——ぶしょう者のお前よ。お前の心のなかで、多くの着想が生まれ、育ち、そして消えた。今、お前の考えている「地獄の思想」なるものを、無理な形でも、世に出さないと、それはまたお前の心のなかで、ある期間生き、そして永久に消えてしまうのではないか。月足らずの子供でも生めば、お前の子となるのである。闇のなかでお前の子をほうむってはいけない。

　まして「地獄」は長いあいだお前が親しみ住んだ国ではないか。戦争中に青春を送ったお前は、近い未来に確実に存在するかのような死をみつめる人生を、数年のあいだ送ったではないか。そして戦後、お前が死の不安から解放されたときにも、お前はお前の前に開けている人生の虚妄さに、おどろきあきれ、ほとんど生きる意志を失ってしまったではないか。お前が、しばしばおちいった愛欲や思想の葛藤は、お前に苦悩と絶望を与え、死へのあこがれを起こさせたり、狂気の喜劇を演じさせたりしたではないか。

　たしかにお前は、ふつうの人より高らかに笑い、清い認識の喜びを人生から盗むことを知っているけれど、お前の心の深いところに地獄が住んでいるのではないか。もしもお前が地獄の住民のひとりであるならば、地獄の思想はすでにお前のなかに、あまりに長いあいだ、あたためられ続けているのではないか。

　とはいえ、お前がこの『地獄の思想』で語ろうとするものは、お前の地獄ではない。お前は、ここで日本文化論の形で、地獄の思想を語ろうとするのだ。お前は、おのれのもっている闇の眼で、日本思想を見た。そしてその時、お前は、日本の思想が、従来に見られなかった新しい相を帯びているのをみた。それをお前は語ろうとする。

たしかに、日本の思想のなかで、多くのものが、まだお前の眼にふれずにいる。お前の認識の欲望は、すべての文献をお前の眼にふれさせ、すべての思想をお前の理性の判定にかけさせ、すべての材料をひとつの体系にもたらすことを望んでいる。しかし、それには多くの歳月が必要であろう。多くの歳月をかけて、お前がこの仕事を完成したとき、お前の未来の著書は光のように明晰になるかもしれないが、そのあいだにお前の熱い心が冷たくなってしまわないか。お前の熱く燃える心を時間によって冷やすより、今、熱い心のままに、ひとつの思想を生産せよ。お前の熱い心が、日本の思想史との出会いにおいてはらんだ子供を、生み出したらどうなのだ。

もしも心に声なるものがあるとすれば、今、私の心にこのような声がひびいている。それは、私が、自己弁明のためにひそかにつくり出した心の声かもしれない。しかし、今はその心の声にすなおに従おう。なぜなら、どちらかといえば、私は怠惰な真理より、勇気ある誤謬のほうを好む人間であるからである。たとえこの本が、多くの点において誤謬をもつにせよ、だれもが語らなかったいくつかの真理が、この本には語られているはずである。

私は第一部において、地獄の思想の系譜を語った。地獄の意味と、日本思想におけるその位置づけと、釈迦から親鸞にいたるその思想の発展を明らかにした。まだ語るべき多くの点があると思うが、基本線だけは書きえたと思っている。

第二部は、そういう地獄の思想の視点で、日本文学を見ることにした。『源氏物語』、『平家物語』、世阿弥、近松、宮沢賢治、太宰治。まだ評価の定まらない賢治と太宰をのぞいて、これらの作品は、日本文学の最高傑作とされている。最高傑作のなかに地獄の思想が深く入っているとしたら、あとはいわずもがなである。私はここでいわずもがなの文学について論じることはひかえた。日本における思想、とくに仏教思想と文学の関係については、まだほとんど明らかにされていない。私のこの仕事は、闇のなかに若干のあかりをともしたものであろうが、闇の暗さに慣れた人は、私のともしたあかりを無用なものと思うかもしれない。

第一部　地獄の思想

第一章　地獄とはなにか

はたして地獄は消え去ったか

地獄というと人はすぐに極楽を思い出す。地獄、極楽、仏教の与えた迷信。人が悪いことをすれば、死んで地獄へ落ち、よいことをすれば極楽へ行く。だれがそんな迷信を信じるか。

多くの現代人は、地獄といえば極楽を思い出し、それは仏教の迷信であると考える。死んでから行くところ、そんなことはまったくナンセンスだ。生きているうちが大切なのだ。死後の世界などはくそくらえ。こうして現代人は、死後の世界も、死のことも考えようとせず、生に没頭する。そして生のさまざまな快楽に、情欲や権力欲や出世欲の追求にいそがしい人間は、おのれ自身の死についてはもちろん、おのれ自身の生についてもほとんど考えない。そして、そういう生への没頭とともに、過去の日本人に地獄、極楽という幻想を与えた仏教をせせら笑う。

私はそういう嘲笑をじゅうぶん理由あるものであると思う。なぜなら、明治という時代において、すでに仏教はじゅうぶん堕落していた。仏教は、葬式をつかさどるものでなかったら、地獄、極楽という幻想で、人間に道徳的恐怖をふきこむものでしかないように人びとには思われた。こういう仏教に批判がくだされるのは無理もない。福沢諭吉や内村鑑三は、仏教というものをほとんど偶像崇拝としか考えない楽天的信念に生きたけれど、この見解は、徳川時代にすでに国学者や儒学者によってもくだされているのである。儒学者は考える。儒学は理性的道徳の学であり、インテリの学である。しかし仏教は無知なるものの信仰である。無知なるものを、理性によってでなく、恐怖によって道徳的にするために、地獄、極楽の説は説かれたと。

地獄の思想にたいするこのような批判は、もし地獄、極楽が、俗仏教のいうような因果応報の思想にすぎないものであるならば、たしかに正しい。そういう迷信から人間をまぬがれさすのは、むしろ啓蒙思想の任務なのである。しかし、地獄、極楽の思想が、もともと、そういうものでないとしたらどうなのか。地獄、極楽思想が、倫理的な善悪の因果物語と、ほとんど関係をもたないものであるとしたらどうか。また、地獄と極楽がまったく別なものであり、それが結合されたのは、日本では源信《げんしん》においてであるが、地獄は極楽よりはるかに広く、かつはるかに近いものであるとしたらどうか。

俗仏教の因果応報的な地獄、極楽の思想には、いくら軽蔑の眼を投げてもよい。しかし、それによって仏教全体を、あるいは仏教の地獄、極楽の思想そのものを批判しえたと思ったら、ひどいまちがいではないか。仏教の堕落現象を批判した啓蒙主義者の批判は正しい。

いちど日本人は、誤った伝統から自由になる必要がある。しかし、仏教の堕落現象を通じてしか、仏教を批判できなかった啓蒙主義的な国学者や儒学者や西欧学者は、仏教を浅い現象でしか批判できないという点において、それ自身浅い理性にとどまっていないであろうか。地獄の思想のなかには、もっと深いなにかが、近代人が見失おうとしながら、なおかつ人生の真実であるなにかがかくれているのではないか。

のちに私が示すように、地獄、極楽が結びついたのは、源信＝恵心僧都《えしんそうず》の『往生要集』においてなのである。恵心僧都から浄土教が始るが、親鸞において、われわれがふつう地獄、極楽と考えるのと、まったくちがった地獄、極楽があった。浄土教は、浄土宗も浄土真宗も布教の手段としては、親鸞よりむしろ源信の思想によったように思われるが、その源信にも、かならずしも、悪因悪果、善因善果としての地獄、極楽があったわけではなかった。もういちどわれわれは、純粋に地獄思想の流れを追究してみる必要がある。

原始仏教のペシミズム

地獄と極楽は別の思想であり、しかも地獄は極楽よりも広くて、極楽よりも近い。それが仏教の考え方である。地獄思想は、仏教においてかなり早くから現われる。もっとも早く成立したと思われる釈迦の説法集である『法句経《ほっくぎょう》』や『スッタ・ニパータ（ブッダのことば）』には、すでに地獄の思想があるが、極楽の思想が出てくるのは、紀元後一世紀ころなのである。しかも、地獄思想は、仏教のほとんどすべての宗派において存在するが、死後に人間が行く西方浄土《さいほうじょうど》、極楽を説くのは、仏教においても浄土教と称せられる一派にすぎない。したがって、われわれは、地獄の絵図はいろいろな仏教寺院においてみるが、極楽の絵図は、浄土教の寺にしかみないのである。とすると、地獄の思想は本来的に仏教的であるが、極楽の思想は、かならずしも本来的に仏教的なものであるとはいえないのではないか。

もちろん、釈迦は、積極的に地獄を説きはしなかった。彼は人生を苦であると断じ、その苦の原因を欲望に求めて、欲望の消滅を説いたのである。彼の教えは、きわめて倫理的であり、彼は、もっぱら苦悩でできているような地獄の世界などというものを、まじめに説こうとしなかったようである。しかし、釈迦の考え方は、きわめて地獄の思想と深い関係をもっているかに思える。もしも、現世を苦の世界として考えたなら、どうして純粋苦悩の世界である地獄を考えずにいられよう。地獄は、苦悩が純粋化され、客観化された世界である。たとえそういう世界を釈迦が考えなかったとしても、世界を苦の相において見る釈迦の考えが、このような地獄の思想と結びつきやすかったのは、当然である。

それゆえ、釈迦から発するすべての仏教宗派は、それがまったく釈迦の思いがけない方向へ発展した場合にすら、どこかで釈迦の世界観を受けつぐ。現世を苦悩の場所、地獄とみる見方がそれである。地獄は、仏教では、六道《ろくどう》の一つとして、われわれがそこに生きる世界のなかに属していた。

地獄、餓鬼、畜生、阿修羅、人間、天、これが六道の名であるが、われわれはこの六道のうちの五番目の、比較的良いところにいるけれど、われわれの世界は、地獄の世界や餓鬼の世界と同じく、迷いの世界にすぎない。この六道は、全体として否定の世界、苦の世界なのである。地獄も、どこか遠いところにあるのではなく、われわれの住んでいるこの土地の下に実在しているわけである。

このような世界表象のなかには、もちろん極楽は入ってこない。われわれの住む世界は、永遠に苦の世界であり、苦の世界を観照し、この苦の世界から脱却することが、さとりにいたる道なのである。こうした、はなはだ知的で、はなはだ骨のおれる救済法にたいする絶望のあまり、人が浄土教というはなはだ簡便な救済法を考えたときすら、極楽は地獄のようにけっして近いところにあるものとは考えられなかった。それは、西方十万億土のかなたにある国なのである。釈迦はその威光によって、韋提希夫人《いだいけぶにん》に極楽浄土を見せたが、ふつうの人は、それをみることができないのである。極楽はどこか遠くにある、みることができない国なのである。日本の浄土教がこしらえた仏画のひとつに「山越え阿弥陀」なるものがある。山の上から阿弥陀様が顔を出しているところである。山の上から顔を出したとしても、やはり阿弥陀様は、山のかなたにいるのである。地獄は足下にあり、極楽は山のあなたにある。地獄はわれわれの住む六道のなかにあるが、極楽はまったく別の世界なのである。

ここにも、仏教の考え方があらわれている。われわれの生を、むしろ極楽より地獄に近いものとみる見方、それは、人生を苦の相にみる仏教の当然の帰結である。

このようにみると、われわれは、地獄、極楽という一対の言葉が、一対の言葉ではなく、仏教においては、地獄のほうがはるかに古く重い言葉であり、極楽というのは、のちに仏教に出現したはるかに新しいはるかに軽い言葉であることを知るであろう。われわれはまず、地獄という言葉のもつ重さに深い思索をはせねばならぬ。

釈迦は人生を苦の相から見た。そして苦の世界である地獄の思想は、深く仏教的な思想であった。いったい、人生を苦の相からみるのはいかなる意味をもつのか。釈迦の考えたように、人生ははたして苦の世界であろうか。なるほど人生には苦がある。しかし、楽もまた人生にはあるではないか。釈迦のいったように老は苦であり、病は苦であり、死は苦である。しかし、ものを食べるのは楽しみであり、異性と遊ぶのは楽しみであり、権力をもつのは楽しみではないか。こういう楽しみに眼をとじて、苦の相ばかりで人生をみるのは一つの偏見ではないか。それゆえ、釈迦は一つの偏見者であり、日本人は仏教をとり入れることにより釈迦の偏見に従ったのではないか。われわれはむしろ、そういうペシミズムから脱却すべきではないか。釈迦の時代において、人生は苦しみにみちていた。今もなお、釈迦の生まれたインドは、かつてと同じような未開の苦悩にみちているが、文明社会に生きるわれわれは、はるかに多くの楽しみにかこまれている。それゆえ人生を苦の相においてみる思想は、偏見であるばかりか、野蛮の礼賛になりはしないか。

たしかに、それは一面の真実である。人生には苦ばかりではなく楽がある。そして、そのような苦をさけ、楽をふやすことが健全な文明の方向である。けれど、人間というものが、けっきょく死ぬものであるかぎり、苦は人間にとって必然のものなのである。人間が深くおのれをみつめたときに、多くの苦悩を見出すにちがいない。われわれの世界には多くの苦があり、多くの矛盾がある。人生をまったくのバラ色にみる人間は、むしろこの生の底にある多くの苦悩や矛盾をみる勇気のない人間なのである。

もしも現代人が仏教にたいして、生の片面だけをみているという批判をくだすなら、仏教は逆に現代人にたいして、なんじもまた生の片面だけをみているというかもしれない。繁栄の名のもとにあるささやかな物質的享楽と、不浄でイージーな性的快楽、それに温和で軟弱な民主主義的平和、そういう軟弱な、極楽ならぬ微温的な享楽のなかで、現代人は、バラ色の未来の夢をえがく。しかし、いったい人間は、こういう微温的一生を終えてどうなるのだろう。そういう生活をしつつも、人は一日一日老いてゆき、やがて、死の日がくるのではないか。この世界のなかには、無限の悪や争いがうごめいて、人間を一日も安らかにさせない不安や苦悩にかりたてているのではないか。人生のなかの死や悪や争いを直視せず、楽しみのみをみるのは、むしろ精神の頽廃の証拠ではないか。

真に強い人は、人生における苦の相、悪の相、否定の相をみる勇気をもっている。こういう苦の相、悪の相、否定の相をみることを避けるのは、むしろ生の力の弱化した証拠なのである。私は、もういちど、日本人は自己の生の姿を直視することから、おのれの思想を作らねばならないと思うのである。

大乗仏教の生命賛歌

たしかに釈迦の思想は、あまりに否定に傾きすぎるように思われる。人生を苦の相に見る釈迦の哲学は、いささか悲観的すぎるように思われる。大乗仏教の思想が仏教のなかにあらわれたのは、こうした人生否定の哲学から、ふたたび人生肯定の哲学にかえろうとしたからであろう。かくて大乗仏教は『法華経』『華厳経』『大日経』などを生み出し、永遠の生命の思想に達したのである。この永遠の生命の思想は密教において頂点をなす。ここでは、釈迦のかわりに大日《だいにち》がもっとも尊い仏として尊敬される。

仏教のなかには、このように否定の哲学とともに、肯定の哲学がある。かつてショウペンハウエルは、仏教のなかに意志否定の哲学を見た。彼によれば、世界は盲目の意志から成っていた。宇宙は盲目の意志から成り立っていて、そういう意志に左右される人間は、自分が自由であると思っているけれど、じつは盲目の意志の奴隷にすぎない。たとえば恋愛において、男女は自由に異性を愛すると思っている。おのれの理性と感性が自由にえらんだ最適の人。しかし、それは幻影にすぎない。盲目の意志が人間をあやつっているのだ。子孫生産のための盲目の意志が恋する男に乗り移り「背の低い足の短い女という動物」に最大の美を見出させ、種族の維持という目的をとげるのである。

人間がこのような盲目の意志の奴隷であるかぎり、人間は悲劇的である。なぜなら、意志はいつも、みたされないからである。意志はいつも欠乏に悩んでいる。したがって、人間がこの盲目の意志に支配されているかぎり、人間の生存は苦悩である。苦悩をまぬがれるには、ただひとつ、意志をなくすること、意志を否定することだけである。

ショウペンハウエルは、仏教のなかに、このような意志否定の思想を見た。釈迦の理想、それこそ欲望を否定し、枯木のような人間になることではなかったか。

たしかにショウペンハウエルの仏教のとらえ方は、それがいわば原始仏教、小乗仏教に関するかぎり正しい。しかし、大乗仏教はむしろ生の肯定を説いている。そこには、いわばペシミズムの克服がある。このペシミズムの克服が、永遠の生命論によって現われるのであろう。その意味で、大乗仏教のなかには、ショウペンハウエル的意志論ではなく、ニーチェ的な意志論がある。

ニーチェは、若き日、ショウペンハウエルの意志の否定の哲学に熱中したが、やがてペシミズムのなかから新しい生の火をつかみ出した。なるほど、生は盲目の意志によって左右されているかもしれない。しかし、その深く暗い生は、それ自身において高い歓喜の歌を歌わなかったか。生そのものが、どのような暗さにみちていようとも、その生にたいして、われわれはヤア（ja）というべきではないか。ショウペンハウエルのように、生にたいしてヤアをいえない人間、それは生に疲れたデカダンスな人間ではないか。この盲目と思われる生の姿に、永遠のヤアをいえ。

ショウペンハウエルからニーチェへの思想の動きは、原始仏教から大乗仏教への思想の動きに似ている。大乗仏教には、深い厭世観をおのれの背後にもった、生に対するヤアの思想がある。この世界は、苦しいもの、空しいもの、不浄なものかもしれない。しかし、この世界にもういちどヤアといえ。そういう思想が大乗仏教にはある。

それゆえ私は、大乗仏教を、一面、生の暗さを凝視し、一面、生の賛歌をじゅうぶんに歌った宗教だと思う。このような二面性をもった思想が大乗仏教であるとすれば、私はそこに光と影の織りなす微妙な生のニュアンスを鋭くとらえる思想をみるのである。

このように考えるとき、われわれは初めて、仏教が日本に与えたものはなんであったかをはっきり理解することができるであろう。原始的日本人は、おそらく楽天的な生命肯定の思想に生きていたのであろう。その宗教は本居宣長、平田篤胤が理想としたような、明るく直く潔《きよ》い神の崇拝であったかもしれない。このような自然的神崇拝に生きていた日本人に、仏教は、より思弁的な否定の哲学と肯定の哲学を同時に与えたのである。生を苦の相にみるペシミズムと同時に、永遠の生の喜びを説くオプティミズムを二重に日本人に与えたのである。

日本思想史を貫流する仏教的世界観

このような問題について、もっと深い分析をする必要があるが、今ここで、これ以上深くふれるわけにはゆかない。ただ、ここでは地獄の思想を問題とするにあたって、つぎの問いを問うことにしよう。地獄の思想は日本人になにを与えたか。あるいは、それは日本思想史のなかでいかなる位置を占めるであろうか。

この問いも大変むつかしい問いである。今しばらく、いささか大胆すぎる仮説を語ることを許してほしい。私は本居宣長や平田篤胤や、あるいは意識的、あるいは無意識的に彼らの影響のもとにある多くの日本思想の研究家の説に反して、日本の思想に深く仏教が影響を与えたことを認めたい。たしかに彼らがいうように、根源的に日本的な宗教は神の道かもしれない。しかし、聖徳太子以来の日本文化は、それでは説明されない。聖徳太子の時代から室町時代までは、日本は仏教思想の圧倒的影響のもとにあった。徳川時代以後は、儒教が国教として用いられるが、しかし民衆は、儒教よりも仏教のほうを愛していた。明治時代以後、日本は西洋化する。しかし、どこかに仏教的心情が日本人に残っている。そして、思想において仏教が支配的であったということは、あらゆる生活、文学や芸術などにおいても、仏教が大きな影響力をもっていたことを意味する。今日、仏教の影響を考えずに、日本の彫刻を、日本の絵画を論ずることはできない。同じことが、文学にもほぼあてはまるであろう。

しかし、国粋主義的思想家であった本居宣長は、このように、深く仏教の影響のもとに立つ日本の文学を、仏教の影響なしに理解しようとする大蛮行をくわだてたのである。彼はもっぱら、日本の道を神道のなかにみた。仏教や儒教は外来の教えではないか。外来の教えを排斥して、古来の道へ帰れ。宣長はそのように考えて、神道のみを日本の宗教として認めようとした。

一方では、がんこな復古主義者であった宣長は、一方では日本文学の熱愛者であった。物語では『源氏物語』、歌集では『新古今集』が、彼のもっとも愛好する日本の文学であった。文学というものがほとんど理解できなかったような篤胤とちがって、彼は日本文学のよき理解者であった。しかし、彼のがんこな宗教的信念が、ここでも、彼の文学にたいする正しい理解をさまたげた。彼の愛好する『源氏物語』や『新古今集』が、彼のもっともきらいな仏教の影響をうけているなんて、とんでもないことではないか。それゆえ、彼は彼の思想を守るためにも、仏教の影響なしに日本文学を理解しなければならなかった。

しかし、事実は本居宣長の解釈とはまったくちがうのである。紫式部は、仏教の崇拝者であった。彼女はおそらく『法華経』の信者であり、『源氏物語』そのものが、仏教思想の影響、慈悲や無常感や業の思想の影響を深く受けているのである。また、宣長のもっとも高く評価する歌人である藤原定家は、『摩訶止観《まかしかん》』の熟読者であった。天台止観は、心をすまして世界の実相をみることを教えるが、定家は、天台止観の教義の書である『摩訶止観』の熟読者であり、すべてのものに心の姿をみる彼の有心《うしん》の美学が、この天台止観と関係をもっていることは明らかである。

宣長がもっとも愛した二人の文学者、紫式部と定家が、そのように仏教的であったけれど、彼は彼らによって作られた文学を仏教と関係させて理解しようとしなかった。これはまさに一つの文化的大蛮行といってよい。たしかにわれわれは、本居宣長に多くのものを負っている。なによりも彼により、『古事記』というわが国最古の文献が理解されるようになった。そして、それまで外国の学問にあけくれている日本人に、初めて自国の学問を学ぶ必要性を彼は教えた。しかし、外来の教えである仏教や儒教を排斥するあまり、彼はあまりに狭い見方で日本の文化をみてしまったのである。彼によって明らかにされた多くの認識領域があったけれど、大山の影のように、彼によってかえって闇におおわれた認識領域もあるのである。

日本の文学解釈は、長いあいだ、本居宣長の影響のもとにあった。日本の国語教育は、この宣長によってたてられた文学思想の影響のもとにあり、文学の古典として、いっさいの仏教関係の古典を排斥するばかりか、日本の文学と仏教との関係を、かつてまじめに問おうとさえしなかったのである。宣長はあまりにも巨大な存在であり、彼が巨大であっただけ、彼の盲点は今までだれにも批判されず、日本文学研究、あるいは日本思想研究のつまずきの石となっているのである。

われわれは、こうしたつまずきの石を取り除かねばならない。国学の偏見の眼を離れて、日本の文化の姿をありのままにみなくてはならない。こうして、日本の文化の姿をありのままにみようとするとき、日本の仏教の、日本の思想、文化に与えた正しい影響が理解されるのである。

日本の思想を流れる三つの原理

ところで、困難はそれのみではない。われわれが、日本の思想と文化に大きな影響を与えた仏教に着目したとしても、日本の仏教は、きわめて多くの宗派に分かれていて、各宗派はまたそれぞれ独自な教義をもち、共通な思想をそこからとり出すことはたいへん困難である。そして、共通な思想をとり出すことが困難であるとすれば、仏教の日本文化に与えた影響を明らかにすることは、たいへんむつかしくなるのである。

いったい、わが国の仏教に共通に流れる原理はなんであり、それがいかに日本の文化に影響を及ぼしたのか。ふたたび難問が私に投げられる。なんども、私はこの難問の前にしりごみを感じる。このような問いに答えるには、日本の思想全体に関する広く深い知識が必要である。しかし今、私は明らかにそういう知識がおのれのなかに欠如しているのを感じる。それはたしかに、今の私には重すぎる難問である。

しかし、今、仮に答えよう。たぶん、私の答えは正しいより、むしろ誤りが多いであろう。しかし、それが誤りであったとしても、その誤りも事実に関する考証によって明らかにされる。なにも仮説をたてずに、認識の正確さをほこるより、あえてひとつの仮説をたてて、その仮説を問いつめる誤謬を恐れぬ勇気のほうが、真理の使徒にはふさわしいことである。

私は大胆な仮説をここにたてる。日本の思想を流れるのは、三つの原理ではないか。生命《いのち》の思想と、心の思想と、地獄の思想。この三つの原理で日本の思想を説明することは、われながら、いささか大胆すぎる試みであるように思われる。しかし、いちどこの三つの原理で、日本の思想史と文化史を大きく総括する試みをしてみようではないか。

今ここで、日本の思想を平安時代までで区切ってみよう。それまでに日本にあった宗教は、神道と奈良仏教と平安仏教。このうち奈良仏教は、最初、竜樹《りゅうじゅ》の思想を中心とする三論が支配的であったが、のちに世親《せしん》の教学を中心とする唯識《ゆいしき》が中心となる。奈良時代末に一時、華厳が流行するが、最澄と空海により始められた天台と真言が平安時代以来、圧倒的に優勢となる。

もしも、このような平安時代まで有力であった仏教宗派を三つの原理に従って分かつとすれば、神道と密教は生命の思想に、唯識は心の思想に、天台は地獄の思想に属するといえるかもしれない。

その理由について、私はここでくわしく論ずることはできない。神道が、自然の生への崇拝であることは明らかである。それは山の神、川の神、霊妙な自然、とくに農作物を実らせる自然の力にたいする崇拝であることは明らかである。このような自然崇拝は、おそらく多神教的であったにちがいない。この多神崇拝を、皇室の先祖の神が統一してゆく過程が、おそらく日本国家の成立の過程に相応するであろう。

ところが、密教も同じように、自然神なのである。仏教において、それはおそらく唯一の自然神崇拝なのである。大宇宙の生命の神である大日如来《にょらい》、その大日如来を中心として、無限に生命が産出されるのである。さまざまな生の諸相、それが曼荼羅《まんだら》の世界なのである。生は、無限に豊かな曼荼羅となって開花する。

私は、密教が神道と同じ自然宗教であったことに注意したい。それはもちろん、神道とはちがっている。神道は多神的な自然崇拝であったにたいし、密教は多を統一する宇宙神の崇拝である。いわば神道は多の多の崇拝であるにたいして、密教は多の一、秩序づけられた多の崇拝なのである。そして同時に神道の生崇拝は、大和《やまと》民族らしくまことにあっさりとした生、植物的生の崇拝であるにたいし、密教の生崇拝はヒンズー的なあくどさ、あぶらっこさをもった動物的生の崇拝である。

しかし、こうしたヒンズー的秩序と、あぶらっこさをもった宗教が、中国を通りこして、日本に深く根づいたのは、興味深い文化的現象である。もちろん、それは、思想的な天才であった空海の力に負うことが多いが、密教が自然崇拝という点で、神道と思想を共通にしたことが、密教がほかならぬ日本の土地に根づいたもっとも大きな理由であったと思われる。自然にはすばらしい生の力がある。その生の力が密である。そしてわれわれのなかにもこのような密なる生命が宿っている。密は自然のなかにあるとともに、われわれの身心のなかにもあるのである。

　この密教によって、初めて神と仏は結びつき、神仏混合が行なわれたのである。そして両部曼荼羅のようなものが作られ、神と仏は仲よく共存するのである。こうして、このような生命への崇拝はおそらく日本民族の中心を流れる哲学となるのである。自然にも、わが心にも流れる生命よ、その生命はすばらしいものではないか。この生命を生きよう。こういう生命の哲学が、おそらく日本人の中心的世界観であろう。

　このような生命の思想にくらべると、心の思想は外来のものであるかにみえる。奈良時代にもっとも流行し、他の多くの仏教の宗派においてすら、仏教の基礎学として現在まで学ばれている唯識学、それは心についての詳細な分析を行なう。識というのは心であるが、識には八つの識が、眼識《げんしき》、耳識《にしき》、鼻識《びしき》、舌識《ぜっしき》、身識《しんしき》、意識《いしき》、末那識《まなしき》、阿頼耶識《あらやしき》の八識があるのである。このうち、初めの五つがいわば感覚的意識であり、つぎの意識がヨーロッパ哲学でいう意識、あるいは理性的意識に近く、あとの末那識がフロイドの無意識的意識に近いものであろうか。そして、その上にまた、唯識では、宇宙的意識ともいうべき阿頼耶識を考える。

唯識は、このように心をさまざまな段階に分けて、詳細な分析を行なうが、このような、世親により大成され、玄奘により中国へ大々的に輸入された仏教は、中国および日本の思想に大きな影響を与えた。なによりもそれは、心というものにたいする深い洞察を与えた。のちの仏教、華厳にせよ、天台にせよ、密教にせよ、すべてこの心の論を教説の中心部にすえているのである。このような心、すなわち識の思想が、日本文化に深くしみ通ってゆく。『古事記』には心という文字はあまり用いられないが、『源氏物語』はまったく心の文学であるといえる。平安時代以後、ほとんど日本文学の中心を占める心という言葉、それは仏教の、なかんずく唯識仏教の直接的な、あるいは間接的な影響なくして可能であったであろうか。

天台は六世紀の中国の思想家、天台智顗《てんだいちぎ》の教説である。天台は華厳とともに、中国の誇る大思想体系であり、深い影響を中国文化全体に与えたけれど、若き最澄は天台智顗の教説を読んで深く心をうたれた。おそらく自省心の強い最澄は、天台思想のなかにある自己内省のきびしさにうたれたのにちがいない。

天台のなかには、もちろん唯識からうけつぐ心の思想や、あるいは『法華経』のなかにある生命の哲学があるにはある。しかし、この思想の中心は、なによりも十界《じっかい》、十の世界の観相、とくにそのうちの最初の六つの世界、地獄、餓鬼、畜生、阿修羅、人間、天という六つの迷いの世界への深い観相ではないか。人間の煩悩の姿、迷いの姿、魔の姿をあくまで凝視せよという。天台智顗は菩薩や仏の境地を好んで説かない。むしろ彼は、いつも人間の救われざる苦悩の相に眼を向けようとする。煩悩の相を熟視せよ、そしてその煩悩の空しいことをさとれ、煩悩の執着を脱せよ、煩悩の執着を脱するとき、ふたたび煩悩は光り輝いてくる。煩悩にしばられては菩提《ぼだい》はなく、煩悩を離れても菩提はない。智顗の言葉は血をはくように激烈である。そして彼は、もっぱら人間の苦の相をみつめよというのである。

私は、ここでふたたび釈迦の苦の哲学が再現されていると思う。その冷たい内省が、最澄の心を魅し、日本天台の基礎をつくった。そして日本天台は、真言とならんで平安仏教の中心をなしたのである。そしてそれは地獄思想を、もっと通俗化された地獄思想を、その布教の方便としたのである。私は、天台仏教こそ日本に地獄思想をもっとも深く普及させたものであると思う。

真言と天台が平安仏教の二大宗派であった。しかしその意味について、人はほとんど考えない。二つの宗派はともに貴族仏教で祈禱仏教であったと、すべての歴史家や思想家は、いともかんたんに片づけてあやしまない。しかしその意味は、思いのほかに深いのである。つまり、生の肯定の哲学と生の否定の哲学。燃える生命の賛美の哲学と、深く人間の苦悩を内省する哲学、この二つの哲学が、平安時代の思想を形成する車の両輪であったのは、興味深いことである。日本人は、安らかに生の賛美の歌を歌う哲学と同時に、深い心の闇をみる哲学とをともに好んだのである。

もしそれが、平安時代までの日本の思想史の大まかな図式であるならば、同じ図式で鎌倉以後の思想の秘密も解けるかもしれない。

もしも鎌倉以後の仏教の大勢を、日蓮宗と禅と浄土教の仏教で考えることができるとすれば、この三つの仏教はそれぞれ、生命の思想、心の思想、地獄の思想というふうに分類されるかもしれない。日蓮は天台宗の出身にもかかわらず、智顗や最澄のように、おのれのなかの暗いものをみつめる思想を好まなかった。彼はむしろ、『法華経』にある永遠の生命論を中心にして天台を解釈した。そしてその生命の哲学の主張において、むしろ彼は空海に近づいたかにみえる。もちろん日蓮の生命論は、空海のように大日中心の生命論ではなく、釈迦中心の生命論であり、空海の曼荼羅が、いわば、はなはだ寛容な精神のうえにたてられているにたいし、彼の曼荼羅はもっぱら『法華経』によっていて、大生命に入る門は『法華経』信仰しかないという、はなはだ非寛容なものであったけれど。

このような生命の思想にたいして、禅は、心の思想であるといってよいであろう。禅は自己の心を求めようとする。心の本体は無。禅における心の求め方は唯識とはちがっている。唯識はあくまで学問的に分析的に心を研究するのにたいし、禅は実践的な心の探求法である。いかにして阿頼耶識にいたるか。禅では、意識、末那識から阿頼耶識にいたる方法のみが問題である。しかも心は、けっして概念的にとらえられるものではない。無心。絶対の無。禅はこの無を直接的に体験的に把握しようとする。

これにたいして浄土教は、地獄の哲学の系統に属するものであろう。天台とちがって、ここで地獄は極楽と結びつく。現世否定の傾向は天台以上に強くなるが、天台のように六道、あるいは十界の観相によって救済をうるというめんどうな行をせず、ただ西方浄土を念ずることによって、極楽往生をえようとする。この念の考え方は、源信、法然、親鸞と少しずつ変わってくる。それとともに地獄の思想もまた少しずつ変わってくるのを、われわれはのちにみるであろう。ここではただ、浄土教が地獄の思想に属することだけを注意しておけばよいであろう。

地獄の思想が生命の思想を深める

このようにみると、生命の思想、心の思想、地獄の思想の三本の柱で日本の思想を考えることは、たいへん興味深い仮説であるかにみえる。もちろん、まだ多くの問題が残っている。室町以後の思想の発展をどうみるか。儒教や国学や、あるいは西洋哲学をどうみるか。それについても、私は若干の考えがあるが、なお精密に思索したのちに、くわしく語ろう。ここでは三つの思想の系統の存在を明らかにするだけでじゅうぶんであると思う。

こういう分析ののちに、やっとわれわれは地獄の思想が、日本の思想のなかにいかなる位置を占め、それが日本人にどういう影響を与えたかを明らかにすることができる。地獄の思想は、日本仏教のひとつの流れなのである。生の力を肯定する哲学とともに、生の暗さを凝視する哲学を日本人は愛した。その暗さを凝視する哲学が、天台から浄土教に通じる地獄の哲学である。こうした暗さへの凝視によって、日本人は、おのれの魂の深みに見入ることをおぼえた。おのれの魂の底に見入るとき、人はそこにかならずしも明るいものを見出さないはずである。

それは、人生の苦を教え、人生の無常を教え、人生の不浄を教えた。ペシミズムとニヒリズムをそれは教えた。それは明るい正しい神道的世界観からみれば、まったく異質の自己反省であった。しかし、その自己反省によって、魂はなんと豊かに、なんと深くなったことであろう。日本人はこうして暗い思想をも自己のなかに深くとり入れた。それによって、日本人は生の力の強さと健康さを証明した。暗いニヒリズムにも耐えられる生命の強さ、暗い生の相をも直視できる生の勇気、私はそこに日本文化の健康さがあると思う。自己のなかに暗さや闇をもたない人間を、私は尊敬しない。彼らは生の真相をみる勇気と誠実さに欠けている。私は、自己のなかに強い生命の歓喜の歌を歌うことができない人間を愛しはしない。彼らには、強い生の衝動が欠けている。日本人は一面、生命の哲学をもつとともに、一面、地獄の哲学をもった。そしてそれらを統一するのは心の哲学。私はここに深い生の知恵をみるのである。ニヒリズムをおのれの生の一面として、おのれのなかにとり入れること、それはすばらしい生の知恵なのである。

私はこの本でもっぱら、この地獄の思想の系譜をたどりたい。私はダンテのように見物者として探究はまた別の機会にゆずりたい。まず地獄から入れ。私はダンテのように見物者として地獄に入ってゆこうと思うが、私は智顗のように、いたるところに自己の心の相をみるかもしれない。すべての地獄に、おのれの心の影を見るかもしれない。

地獄の思想がどうしてできたかを明らかにするために、まず釈迦の思想から入ることにしよう。

第二章　苦と欲望の哲学的考察（釈迦）

忘れられた釈迦の真実

かつて釈迦は謎の人であった。しかし今は忘れられた人になっている。なぜ彼は謎の人であったか。彼の名で書かれた経典が何百何千とあったからである。釈迦はキリストやソクラテスと同じように、すぐれたものを書くよりは、立派に生きることを一生の念願とした人であった。彼はおのれの欲望を絶って、苦の世界から脱却した、清澄のさとりの世界に生き、新しい真理を語って多くの人の苦を救った。知恵と慈悲にみちた彼の説法は、多くの人の魂にしみとおった。しかし彼には、おのれの説法を記録にとどめることなど思いもよらなかった。

釈迦の説法集ができあがったのは、むしろ釈迦の死後である。人はこの偉人の記録を集めることにより、その徳をしのび、弟子たちの結束を固くしようとした。さまざまな経典が作られる。そしてその経典のなかには、釈迦の説というより、弟子たち自身の説がまじるようになる。こうした風習が生じると、今度は後世の人びとが、釈迦の名において、勝手に自己の学説を正当化する経典をつくるようになる。かくて、仏滅後五百年も六百年もすぎても、なおかつ釈迦の名において、無数の経典が作られてゆく。

私はこのズボラさにむしろおどろくのである。それはインド人特有のズボラさであろうか。インド人には時の観念がないのであろうか。あるいは、真実と創作の区別はないのであろうか。あるいは、創作は真実よりも価値があると考えているのであろうか。とにかく、こうして無数の仏典が作られてゆく。このことを、キリスト教のバイブルが一種類に固定されているのと比較するがよい。ヨーロッパ人のきちょうめんさと、東洋人、インド人のズボラさ。大乗仏教の経典と称されるもの、『法華経』も『華厳経』も『大日経』も、仏滅後五百年ころの創作である。仏滅後五百年もたって釈迦の文献を創作するあつかましさ、しかも、それを本物と信じるズボラさ。それは、われわれ日本人にはほとんど理解不可能のことであるように思われる。

こうしたズボラさが、中国人や日本人をどんなに深く迷わせたことか。釈迦の名で無数の経典が書かれている。しかも、それらは相矛盾している。いったい、どれが釈迦の正説、本当の説なのか。すべての経典には、これこそ本当の説だと書いてあり、仲間ぼめの経典もあり、たがいにけなし合う経典もある。どれがいったい釈迦の説であろうか。この問いに、智顗《ちぎ》も悩み玄奘も悩み、最澄も悩み空海も悩み、日蓮も悩み道元も悩んだ。そしてけっきょく、彼らはさまざまな迷いとさまざまな解釈ののちに、おのれにあった仏説を釈迦の正説として採用したかにみえる。

謎の人、釈迦の正体を解いたのは、ヨーロッパの近代文献学にもとづく仏教学であった。文献学的な方法にもとづく仏教学は、経典の成立年代を大体、考証的に明らかにした。そして釈迦の正説は、従来、日本においては、小乗としていやしめられてきた阿含《あごん》や律部《りつぶ》にあることがわかったのである。これは、日本の伝統的な仏教家にとっては大きなショックであるはずであった。なぜなら、彼らが千何百年来、崇拝してきた仏教の経典が、釈迦の説ではなく、後世の説であり、彼らがむしろいやしんできたものこそ、釈迦の説であることが明らかになったからである。このことを知ったら、親鸞や日蓮や道元はどのようにおどろいたであろうか。

しかし、日本の社会は、そういうことを聞いてもたいしておどろかなかった。なぜなら、明治以後において、釈迦はもう日本人の関心をたいして引きつけなかったから。多くの日本人は、この謎につつまれている釈迦に、古い日本のもっていた迷信や不潔や専制や差別の責任を負わせて、釈迦にたいして嫌悪の心をもたなかったとすれば、無関心の態度をとっていた。釈迦は、その正体を明らかにされたとき、すでに大部分の日本人にとっては忘れられた人になっていたのである。明治以後、日本人の眼はもっぱら西洋に向けられていた。キリストやソクラテスやニーチェやゲーテやマルクスは、彼らにとってすばらしい人であった。しかし釈迦は、彼らにとって、それを語ることすらはずかしく、なるべく忘れてしまいたいような過去の人になってしまったのである。

多くの仏教宗派は、この釈迦の正体の暴露におどろき、大乗非仏説なるものすら生じた。しかし、そのおどろきは、仏教宗派の心の底にまで達しなかったようである。仏教宗派にとって、もはや教説そのものより、宗派の維持のほうが大切となっていて、したがって明らかにされた科学的真理の前に、もういちど、おのれのドグマを問うてみるということは、必要がないどころか、してはならないことのようであった。なにひとつ新しいことは起こっていないのだ。なにひとつ変わっていないのだ。日蓮や親鸞や道元の語った真理は永久の真理であり、永久の釈迦の正説なのだ。こうして、今なお日蓮宗は、のちに述べる五時八教の説によって、『法華経』のみが釈迦の正説であると信じ、真宗は浄土教のみが釈迦の正説であると信じ、曹洞宗は坐禅のみが釈迦の正説であると信じている。

信仰は、もちろん結構なことである。しかし、文献学の知識のなかった宗祖と同じ意見に、今の仏教学がたつのはおかしい。たしかに、宗祖の言葉のなかには、永遠の真理が語られているであろう。しかし、それをその時代に生かすこと、それは各宗教者の歴史的決断によるのではないか。その歴史性への自覚がかけているように思われる。釈迦とおのれの宗祖とおのれ自身をつなぐものはいったいなにか。

私は、日本人があまりに釈迦を忘れすぎていると思う。私は、今後の日本人がはたして釈迦の説だけで生きていけるかどうか、じゅうぶんに疑わしいと思うのである。しかし、釈迦の、歴史的釈迦と同時に、経典のなかで示されてきた釈迦の、二重の釈迦の跡をたどらずに、どうしてわれわれの精神の跡をたどれよう。釈迦を忘れることは、われわれの過去を忘れることである。ニーチェのいうように、われわれは生きるために、ときどき過去を忘れる必要がある。過去を忘れることが、未来への飛躍のために必要である時期がある。明治百年という時期はまさにそういう時期であるかに思える。われわれは過去を忘れることにより、新しい歴史を創った。しかし、今やもういちど、おのれの過去に深い反省の眼を投げることが必要なのだ。それをしないと、われわれの未来の生も空虚なものに化してしまうのだ。

知と愛にささげた生涯

さきにのべたように、もしも日本の思想の伝統のひとつが地獄の思想であるとすれば、釈迦はどれだけこの地獄の思想に責任をもつべきなのか。地獄の思想は釈迦の思想なのであろうか。そうではないとしたら、それはどの程度、釈迦の思想と関係をもっているのか。今日、西洋の仏教学は、だいたい釈迦の人間とその思想について明らかにした。

人生。紀元前六世紀、中インドのカピラ・バストゥの生まれ。インドは、今日でも四姓、バラモン（婆羅門）、クシャトリヤ（刹帝利）、バイシャ（毘舎）、スウドラ（首陀羅）の四姓の身分の区別があるが、釈迦はクシャトリヤの生まれ。当時、インドは社会的変動期にあり、宗教的権威のうえにたったバラモン階級より、世俗的なクシャトリヤの勢いが強くなっていく状勢にあったが、釈迦が王子として生まれた釈迦族の国家は小国で、まさに隣国コーサラ国に侵略されようとしていた。

幼にして母を失う。彼の生活は、外面的には栄華と快楽にみちていたが、内面的には孤独な瞑想にふける青年であった。かつて老人、病人、死人をみて、その苦の姿が彼の心の憂愁の原因となる。まだ自分は若く、健康である。しかし、いつかは自分もあのように老い、あのような病気となり、あのように死んでいくのではないか。宗教的憂愁が彼の魂の重荷となる。

二十九歳、ついに家を去る。ひそかに夜、妻を捨て、子を捨て、城を捨て、地位を捨て、財産を捨て、すべてに別れて、彼は孤独な求道の旅に出る。彼は多くの人の説を聞き、さまざまな苦行を試みる。しかし、すべての説は彼を満足させないし、すべての苦行はただ彼を疲れさせただけであった。

彼に大きな疲労がおとずれる。ネーランジャラー河(尼連禅河)のほとり、ガヤー(伽耶)の町の近く、菩提樹のもとのやわらかい乾草のうえに、彼は疲れた体を横たえる。すべての知識は空しかったか。すべての苦行は無駄であったか。新しい真理が彼を襲ったのは、彼が死のような疲れから回復しかかったころであった。安息が彼をおとずれ、さとりが彼をおとずれる。

彼は真理をさとったけれど、彼はまだ、その真理を人に語ろうとしない。新しい真理は人びとにはわかるまい。人びとは感覚的な喜びにふけり、邪説をとなえる論者に好んで耳を傾ける。彼の深いさとりを理解する耳を民衆はもつまいと彼は思う。けれど、苦しみ悩める民衆への愛が、この躊躇《ちゅうちょ》を克服する。語らねばならない。新しい真理は、いかなる受難と孤独に耐えても語られねばならぬのだ。

説法は思いがけない成功をみる。多くの人が古い教えを捨てて、新しい教えの門に入ってゆく。バラモン、商人、国王など、多くの人が釈迦の教えをきき、彼の弟子となる。このように一生、彼は中インドの各地を説法する。彼の生活のなかにある二つの徳、明晰に人生をみる知恵と、人間を愛して苦を救おうとする慈悲。知と愛、結びつきがたい二つの徳が、彼の人格においてみごとに結びついていた。死、なすべきことをなしとげた安心感にみちた静かなる死。彼はイエスのように、死後の世界に希望をつなぐ人ではなかった。

教説。彼の教説は、四諦《したい》、十二因縁《いんねん》の説であるといわれる。四諦説が中心である。十二因縁説は四諦説の発展したものと考えられる。

四諦説とはなにか。四諦とは四つの真理という意味である。四諦が四つの真理であるとすれば、その内容はなにか。四諦とは、苦諦《くたい》、集諦《じったい》、滅諦《めったい》、道諦《どうたい》である。

存在の生む四つの苦しみ

苦諦とはなにか。苦諦とは、人生は苦であるという真理である。苦とはなにか。釈迦は、苦を四苦あるいは八苦で考える。四苦とはなにか。四苦とは、生の苦、老の苦、病の苦、死の苦の四つである。そして八苦とは、この四つの苦に愛別離苦《あいべつりく》、怨憎会苦《おんぞうえく》、求不得苦《ぐふとくく》、五蘊盛苦《ごうんじょうく》の四つの苦が加わったものである。

生の苦、老の苦、病の苦、死の苦、このような四つの苦をくらべてみると、生の苦だけはどうもおかしい。生は生きるという意味ではなく、生まれるという意味なのである。生まれる苦しみはどうも実感がわかない。狭いところから出てくるのは、さぞ苦しいことにちがいないが、われわれの多くは、もはや生まれる苦しみを完全に忘却している。われわれのよくわかるのは、むしろ老、病、死の苦である。生の苦は、人間の一生の過程そのものが苦であることを強調するために、論理的必要によってあとからつけ加えられたのであろう。

じっさい、『中阿含《ちゅうあごん》』には、青年の釈迦が老人や病人や死人をみたときの憂愁について書かれている。若い釈迦は町で老人に会う。突然に反省が彼を襲う。今、彼は若い。しかし、いつか遠からぬ日に、彼もまたあのように老人になるのではないか。そう思ったとき、彼の若い誇りは、いちどに色あせたと『中阿含』に書かれている。

この人間の相を熟視することから、彼の思索は始った。青年時代の懐疑は、後年の彼の思索にそのままもちこされている。人間が、どんなに若さに、健康さに、生に誇りを見出そうとも、やがて彼はかならず老い、病み、死んでゆく。まことにあわれな人間よ。人間がこのように老や病や死をまぬがれがたいかぎり、人間はやはり苦悩の存在ではないか。

　釈迦のみた人生の姿はあまりに暗すぎるように思われる。近代人は、もっと明るい人間の面をみようというかもしれない。事実、大乗仏教は、あまりに厭世的にみえるこのような釈迦の思想から脱却しようとする要求から生まれたともいえる。

　しかし、この釈迦の見出した人生の姿には、今日もなお、どうにも否定しがたい真理があるように思われる。人生が、けっきょく老化であり、病気になることであり、死への道であるとすれば、人生は悲劇ではないか。パスカルはいう。人生の劇は他の場面がどんなに美しいものであっても、最後は常に悲劇である。ひとかけらの砂をかける、それでおしまいである。ほとんど同じことを釈迦はいう。そして釈迦やパスカルのいう言葉の呪詛を、われわれはまだまぬがれていないのだ。

　老い。なんという深い嘆きが老いのなかに含まれていることであろう。人生はまもなくすぎてゆく。子供が成長して一人前になる。一人前になったとき、すでに老いはひそかにしのびよる。そして老いは、ひそかに、容色や肉体や頭脳の衰えによって、われわれに告げ知らされる。若さは去り、あとには、衰退の人生しか残っていない。若き日は、もはや二度と帰りはしない。歓楽の若き日を送った人は後悔する。空しく青春がすぎ去り、彼の晩年には、みじめな人生しか残っていないことを。勤勉な青春を送った人もまた後悔する。彼の青春時代があまりに禁欲的であり、もはや彼には、快楽に耐える力が残っていず、快楽を味わわずに彼の青春がすぎてしまったことを。老年がひそかにおとずれるとき、すべての人は後悔し、すべての人は悲しむ。東洋の伝統的な敬老の精神、それは深い思いやりに支えられているかにみえる。老人、それは死の近くにすむみじめな人間である。もしも、人がこのみじめな人間にうわべだけでも尊敬の態度を示さなかったら、老人たちはどうして自己のみじめさに耐えられよう。しかも、そのみじめさは、いつかは、だれもが体験しなければならぬみじめさなのだ。

病気。それは死の前兆だ。そして、人間が戦争か事故で死なないかぎり、病気が死にいたる門である。文明は医学を発達させ、多くのかつて治らなかった病気が、今や治るようになった。かつては、絶対の力をもっていたある種の病の力が、今は、ほとんど恐るべきものでなくなった。しかし、今もなおかつ、病気は人間のもっとも大きな恐怖のひとつである。人はほとんど明日を定めがたい。今、すでに人は深く病んでいるのかもしれぬ。人は今なお、文明世界のさなかにおいて、病の苦をまぬがれてはいないのである。

老の苦も病の苦も、死の苦にくらべれば問題ではない。老が恐れられるのは、かならずしも姿がみにくくなることによってではなく、死が近くなるからでもあろう。病が恐れられるのは、病に苦が伴うからではなく、それが死にいたる門だからであろう。死は多くの人間にとって、ほとんど信じがたい。今生き、こうして動いている自分が無になってしまう。それはまったく信じがたいことなのだ。しかし、この信じがたいことはまったくの事実なのである。かつてひとりとして死をまぬがれた人はない。とすれば、自分もかならず死ぬにちがいない。かならず死ぬにちがいないことを論理的には知っていながら、人はかならずしも死を主体的に信じていないのである。だれもが、どこかで、自分は死なないような気がしている。

人間は死ぬものである。それは動かしがたい大前提である。私は人間である。それも動かしがたい小前提のようである。この小前提を大前提とくみ合わすと、私は死ぬという結論がみちびき出される。それが、まさに正しい、一点のまちがいの余地のない真理にちがいない。しかし、それは自己にとってなによりも受け入れがたい、なによりも受け入れたくない真理である。ひそかに人は、その点においてのみ、自己を人類一般から除外しようとする。自分だけはだいじょうぶではないか、と信じようとする。それがまぬがれがたいと信じたとき、人は大前提そのものを変えようとする。人間はなぜ不死ではないか。人間の肉体は死んでも、魂は不死ではないか。人間は死んでのち、極楽浄土へ行くのではないか。あるいは人間の魂は煉獄《れんごく》にあり、最後の審判の時をまつのではないか。あるいは、真理を求める生活を送った人間は、イデアの国へ行くのではないか。すべて、自分は死ぬという結論を避けんがための、大前提変更の人間の願いである。しかし、すべてのくわだては空しく、人間は死ぬものであり、したがってこの私もまた死ぬものである、という真理は変わらない。

不死の願いから、多くの宗教は生まれ、多くの文明は生まれた。しかし、ほとんどすべての宗教に反して、釈迦は冷たくいいきる。人間は死ぬものであり、したがって私は死ぬものであり、人間が死ぬものであるかぎり、人生は苦であると。

私は、ここに残酷なまでに冷酷な釈迦の知恵をみる。キリストは、死にのぞんで、彼の死後の復活を予言し、ソクラテスですら、魂の不死を証明しつつ、彼が死後行く国のことをあれこれ想像して死についた。しかし、そういう死後の仮説について、釈迦はなにもいわない。ただ人間は死ぬものであるといいきるだけである。人間にたいするあまりに多くの愛をもつ聖人は、人間への愛ゆえに、かえって信ずべからざる神話を語るのである。なぜなら、多くの人間は耐えられない現実より、喜ばしい嘘のほうを好むからである。けれど釈迦は、人間への同情のために、彼の知恵を信じがたい神話でくもらせることを好まない。彼の人間をみる眼はあくまでもさえている。幻想によって人の心を喜ばすより、人間を悲劇的な運命の前に立たせよ。そして、その運命をおのれの運命として凝視することから、さとりは始ると彼はいう。

心を破る四つの苦しみ

原始仏教では、この四つの苦のほかに、なお四つの苦を加える。あとの四つの苦は、のちに加えられたという説があるが、この四つの苦の思想のなかにも、みごとな人生の洞察があると思う。

愛別離苦。愛する人と別れる苦しみ、それは人生のもっとも大きな苦しみの一つである。愛する人といつまでもいっしょにいたいと人は思う。しかし、愛する人といっしょにおられないのが、むしろ人生なのである。たまたま、愛する人といっしょにいて幸福な人生を送る人があるかもしれない。しかし、いつかは別れがくる。なにかの事情で二人を生きたまま別れさせなかったら、死が二人を別れさす。愛する親子といえども、長いあいだいっしょにおれるわけではない。子供は大きくなると、親から別れてゆく。人生は別れであると芭蕉はいった。そして最近、「サヨナラダケガ人生ダ」といって、玉川上水に身を投げた小説家がいた。

愛別離苦は、『竹取物語』以来、日本の文学者がもっとも愛する文学的主題である。それはいささか詩的な苦悩である。しかし、つぎの怨憎会苦《おんぞうえく》は、あまりに散文的な苦悩である。にっくきヤツと会う苦しみ、われわれは、今日いたるところで怨憎会苦を経験する。職場にはかならず怨憎がいる。どうしても自分とはうまくゆかず、いつも自分の欲望をさまたげ、自分の誇りをきずつけることを仕事としているとしか思えないような男や女がいる。うまくゆかない世のなか、彼はおもしろくなくて職場を変えると、また新しい職場には、別な怨憎がいるのである。怨憎はまさにむこうから現われてくるかにみえる。

愛別離苦と怨憎会苦は対人的な苦であるが、求不得苦《ぐふとく》は、むしろ対物的な苦である。求めるものを得ざる苦しみ、欲望の数だけ苦悩が存在する。われわれの欲望の数の多さ。そしてすべての欲望は、たえず欲望のみたされがたさに悲鳴をあげている。欲望というものは、満たされないということを本質としているかにみえる。欲望はいつも「より以上」を欲する。係長になった男は課長を、課長になった男は部長を、部長になった男は重役を目指す。たえず上へ向う欲望は、そうでない自己に不足と欠乏を感じ、そしてそうである他人にたいし、羨望と嫉妬を感じる。

資本主義の世界は、欲望の解放された世界である。デパートでは、多くの商品がならび、人間の欲望をかりたてるが、多くは手の出ない商品である。人の心は求不得苦に悩む。ラジオを所有している人間はテレビをほしいと思い、テレビを所有している人間はステレオをほしいと思い、ステレオを所有している人間は車を所有したいと思い、小型の車を所有している人間は大型の車を所有したいと思い、大型の車を所有している人間は外車を所有したいと思う。かくて欲望はきわまりなく、それとともに、求不得苦もきわまりない。

やっとのこと、恋人と結婚できた男が、しばらくたつとその所有になれて、別な女性を所有したくなるのはどうしたわけであろう。妻をもちながら、恋人を所有しようとし、恋人を所有したら別な恋人がほしくなる。なんと人間の心には深い欲望が住んでいることだろうか。そして欲望はいつも求不得苦を叫ぶのだ。

こうして七つの苦を分析した原始仏教は、最後に五蘊盛苦《ごうんじょうく》について語る。五蘊とは、物と心の作用をいうのであろうか。心のあるところ、物のあるところ、そこに苦しみがあるというのであろうか。キェルケゴールは意識の冪《べき》だけ絶望があるという。意識の冪だけ苦悩がある。世界はいたるところ苦悩にみちているのである。

三つの欲望と救済への道

人間の苦悩についての釈迦の洞察は深い。今日もなお、このような苦悩から人間はまぬがれていない。生病老死の苦悩も、愛別離苦も、怨憎会苦も、求不得苦も、釈迦の時代とまったく同じように、今日もわれわれの世界に実在する苦しみである。その苦しみからどうしてまぬがれるか。その苦しみからまぬがれるには、その苦しみの原因を知らねばならぬ。

苦しみの原因は欲望であると釈迦は語る。それが集諦である。集とは原因という意味である。欲望が苦悩の、生病老死の苦や、愛別離苦や、怨憎会苦や、求不得苦の原因であるというのはなぜか。釈迦はここでも欲望を三つに分ける。欲愛《よくあい》と有愛《うあい》と無有愛《むうあい》である。欲愛とは人間の心のなかに燃えるはげしい欲望なのである。金がほしい、女がほしい、名誉がほしい。このような欲望がどんなにしばしば苦悩の原因となるか、われわれはよく知っている。釈迦はしばしば、人間の欲望が火と燃えているという。燃えるわが心よ。心は欲望の火に焼かれて、さまざまな悪行をなす。そして悪行はかならずおのれに帰り、多くの苦悩を受ける。われわれの日常はまさに欲望の奴隷である。真理のために燃える人は少なく、多くの人はまったく燃えていないか、もしくは欲望に燃えているかである。さまざまな欲望に人は燃えている。愛欲に燃えている人が、権力欲に燃えている人を、あいつは野心家であるとののしり、権力欲に燃えている人が、愛欲に燃えている人を、あいつは助平だと軽蔑するのである。

欲愛は、求不得苦や、あるいは愛別離苦や、怨憎会苦の原因かもしれない。しかし、欲愛がなくとも、生病老死の苦は存在しているようにみえる。われわれが燃える愛欲や権力欲をもたずとも、死はわれわれの苦しみである。死を苦しみとさせるのは、いかなる欲望であろうか。釈迦はそれを有愛とよぶ。存在したいと思う欲望、存在に執着する欲望、われわれはいつまでも存在を欲するのである。多くの欲望が満足されなくともよい。せめて命だけは助けてくれ、せめて生きることだけは長く続けさせてくれ。有愛は欲愛よりむしろ根源的であるかにみえる。しかし、その欲望すら現実にはかなえられない。命だけは助けてくれというが、命こそもっとも助かりにくいものなのである。たった百年もすれば、すべての人は例外なく、あの世ゆきである。

有愛を欲愛から分けたのは、仏教の人間凝視のするどさであるように思う。すべての欲望を失ったような人がある。残っているのはただ有愛、生きるだけは生きたい。それは消極的な欲望であるが、しかし、すべての積極的な欲望より、はるかに根源的な欲望であるかにみえる。さとりを開いたかのごとき名僧があった。彼はガンになり、医者に診断を仰いでいった。「私はさとりを開いているので、どんなことがあってもおどろきません。病名をいってください」。医者はしばらく考えて、落ち着きはらったこの名僧の日ごろの行動をかえりみて、ほんとうのことを告げた。しかし、結果はやはりいけなかった。名僧はひどく悲しんで、一年もつべき命を、三月でなくしたというのである。ひょっとしたら、彼はいっさいの欲愛から自由であったかもしれない。しかし、有愛を彼はまぬがれなかったのだ。有愛は欲愛よりもっと深い欲望であるかに思われる。

無有愛というものはなんであろう。多くの仏教学者は、それを存在したくない欲望、あるいは非存在に執着する欲望であるという。無有愛を欲望のなかに入れること、それはまことに仏教らしい人間洞察である。晩年のフロイドは、タナトスというギリシア語を使う。タナトスはギリシア語で死をいうのであるが、フロイドは、エロス、生への欲望にたいして、タナトスという言葉で死への欲望を示そうとするのである。死への欲望などというものが人間にあるのか。これについて、精神分析学界でもさまざまな議論がある。しかし、人間をときどきおそう、自己を破滅させたいという欲望はどうなのか。太宰治はたえず死んでしまいたいという欲望に苦しめられる人間であった。宮沢賢治は、いつも他人のために死にたいと考えていたようであった。中世の極楽往生者は、西を向いて命をたつのを、一生にいちどしか許されない最大の快楽の瞬間と考えていたかのようである。破滅への衝動、無への欲望。

仏教のなかには、人間の心にたいする深い洞察がある。晩年のフロイドがタナトスの名でよんだところのものを、釈迦はすでにみていたのである。仏教そのものが無への衝動であると非難したのはニーチェである。人は多くの事を意志したのちに、かえって無を意志するというのである。仏教そのもののなかに、無への欲望がふくまれている。そういう人間を釈迦はみながら、無にとらわれるな、死への衝動におのれをまかすなというのである。

私はこのへんの人間に対する洞察の深さに深い感動を覚える。すばらしい知恵だと思う。かくして欲望はさまざまに分析され、苦悩の原因は明らかになった。つぎにどうしたらよいか。苦悩の原因が欲望にあるとすれば、その欲望をほろぼす必要がある。欲望をほろぼせ、これが滅諦である。つまり、苦諦、集諦は病気の診断であるのにたいして、滅諦と道諦は病気の治療なのである。人生は苦悩であり、苦悩の原因が欲望であるとすれば、欲望をほろぼせば、その結果として苦悩もなくなる。ここで二種の因果律が用いられる。欲望が苦悩の原因であるという因果律と、欲望の滅が苦の滅であるという因果律である。

この二つの因果律の考えが、のちに十二因縁となって複雑化される。十二因縁というのは、無明《むみょう》、行《ぎょう》、識《しき》、名色《みょうしき》、六処《ろくしょ》、触《そく》、受《じゅ》、渇愛《かつあい》、取《しゅ》、有《う》、生《しょう》、老死《ろうし》である。これについていろいろ議論がある。しかし、要は無明が老死の原因であり、無明の滅が老死の滅であるということであろう。前者を順観《じゅんかん》といい、後者を逆観《ぎゃくかん》という。釈迦は十二因縁の因果の説をくり返しくり返し考えたという。要するに、無明、すなわち欲望にくもらされた心が苦悩の原因だということである。無明は無知と別である。無知はただ知らないのである。しかし、無明は知っていても、どうにもならない心の暗さをいうのである。知っていても、地獄に入ってゆかざるをえないほど、愛欲にまとわれた心の闇は暗いのである。それが無明である。

このような深い欲望をほろぼすには、欲望をほろぼす正しい方法が必要である。この方法を教えるのが道諦である。八正道《はっしょうどう》、八の正しい欲望のほろぼし方である。正見《しょうけん》（正しい見解）、正思惟《しょうしゆい》（正しい思考）、正語《しょうご》（正しい言葉）、正業《しょうごう》（正しい行ない）、正命《しょうみょう》（正しい生活）、正精進《しょうしょうじん》（正しい努力）、正念《しょうねん》（正しい思慮）、正定《しょうじょう》（正しい瞑想）である。要するに、知恵をみがき、行をつつしみ、心を静めることによって、欲望をほろぼせというわけである。この八正道の初めの三つが知恵に、次の三つが戒律に、あとの二つが瞑想にあたるわけである。この三つを、仏教では戒定慧《かいじょうえ》といって、仏教生活の三つの基本条件とするのである。

西洋文明の対極にある東洋の知恵

釈迦の教説をこのように考えるとき、釈迦はわれわれにとって、きわめて知的な思想家としてあらわれる。彼には、キリストのように超自然的な神が背後についていたこともないし、ソクラテスに憑《つ》いたようなデーモンすら、釈迦には縁のないものであった。彼はあくまで明晰で清澄な認識の人であった。今日われわれが、釈迦の時代にもっとも近い説教集や言行録である『マハーヴァスツ』や『スッタ・ニパータ』や『阿含経』を読むとき、われわれは、おどろくほど澄み切った静かなさとりのなかに安住しているひとりの人間を見出すのである。彼には、多くの聖者に共通な燃えるようなパトスの影がない。もえる生命の火を、彼は清澄な水に変えてしまったのであろうか。彼の眼は、静かに、あまりに静かに、永遠に変わらない人間の心の相を熟視しているが、しかも彼の唇には人間への深いいたわりを示す微笑が浮んでいる。

　このあまりに清澄な釈迦の世界に面した人は、羨望のあまりいうかもしれない。欲望を否定する清澄なさとりに釈迦は生きた。釈迦の幸福を認めよう。しかし、それは主観的幸福にすぎないのではないか。文明の方向とは、釈迦の方向と逆ではないか。欲望を肯定し、欲望を満足させる手段を考えること、これこそ文明の方向ではないか。釈迦の知恵はむしろ逆転された生の知恵ではないか。彼は、一つの清澄なさとりの道を開いたかもしれないが、それはけっきょく、文明からの、あるいは人間からの逃避の方向ではないか。釈迦自身は、救済せられるかもしれない。しかし、おおぜいの民衆はどうか。腹のへっている民衆に欲望の否定を説くのは、野蛮の肯定、差別の是認になりはしないか。パンのない民衆にパンを求める欲望を否定せよと説くべきではなく、むしろパンを与えることが必要なのである。釈迦の知恵は転倒した知恵ではないか。

このような批判はたしかに一理ある。文明の方向は、欲望を否定するより、欲望を肯定し、その欲望を満足させる様々な手段を工夫することにあった。デューイはいう。欲望が満足されないとき、かつての人間たちは自己のほうを変えることのみを工夫したが、しかし今や環境のほうを、世界のほうを変えるべきではないか、そしてその世界を変える知恵こそ科学文明の知恵ではないかと。まさに釈迦の知恵は、このような科学文明の知恵と正反対の知恵であるようにみえる。

たしかにそのとおりである。釈迦の知恵は、技術文明の社会に生きる人間の知恵と正反対の方向にあるかもしれない。しかし、前にのべたように、釈迦の欲望否定に疑問を加えたのは近代人ばかりではない。大乗仏教は、むしろこうした欲望論への批判として起こってくる。なんらかの意味で、もういちど欲望が肯定される必要がありはしないか。この現世とこの文明とが、もういちど意味をとりもどす必要がありはしないか。それが大乗仏教の問いであった。

しかし、そこにおいても、人はなおかつ環境と世界を変える知恵にとぼしいというかもしれない。たしかにそこには、ベーコンやデューイやマルクスの実践力はない。私はこの欠陥を認めよう。しかし、今、世界が人間どものはげしい欲望で戦争や動乱の苦しみにあえぐとき、はたしてただ人間の欲望をそのままに肯定し、欲望のままに争い、その争いにより、動乱の解決をはかるということでよいのであろうか。無反省な西洋の権力意志によって世界は統一されたが、その権力意志が歴史の悲劇をまねいている現在である。深く、人間そのものの欲望を考え直すべき時代ではないか。人間の欲望そのものに深い反省を加えずに世界の地獄化を救うことができるだろうか。

第三章　仏のなかに地獄がある（智顗）

地獄の思想はシュメールにはじまる

釈迦の語った思想は、苦悩と苦悩の消滅に関する清澄な知恵の思想だった。苦の原因は欲望である。欲望をほろぼせ、欲望をほろぼしたら、清らかで平和な心境に入ることができる。したがって彼の語った因果の説は、現世的な因果説なのである。苦悩の原因は欲望であり、苦悩の消失の原因は欲望の消滅なのである。この因果の概念を前世や来世に及ぼして、前世でよいことをしたらよい生命に生まれ、前世で悪いことをしたら、悪い生命に生まれるというようなことを、彼はけっしていわない。地獄、極楽は、本来、彼が説かなかったところである。彼はたとえば、人の妻を犯したら、不徳を招き、非難を受け、心が乱れるからよせといっているのである。

しかし、と人はいうであろう。釈迦は地獄を説かなかったであろうか。もっとも古い釈迦文献である『法句経』や『スッタ・ニパータ』には、すでに地獄が説かれている。『法句経』には、「誰も虚偽を語る者、また行なったのちに、『わたしはしない』という者は、地獄に行く。この両者はまた相ひとしく、他の世で賤しい行為をなす人びととなる」「恥ずべからざることを恥じ、恥ずべきことを恥じない者たちは誤まった見解を有し、悪しき所〔＝地獄〕に行く」（宮坂宥勝著『真理の花たば・法句経』現代人の仏教2、筑摩書房）など十四の句からなる地獄に関する章がある。

さらに『スッタ・ニパータ』には、コーカーリヤという修行者が、釈迦にサーリプッタ（舎利弗）とモッガラーナ（目犍連）をそしるが、そのために彼が死んだ。これをみて釈迦は、コーカーリヤは悪口をいったために地獄に落ちたが、地獄に落ちた人は、鋭い刃のある鉄槍を身にうけたり、灼熱した鉄丸のようなものを食わされたり、燃えさかる火のなかへ入れられたりする、と語る。

これは、いったいどうしたわけであろう。『法句経』や『スッタ・ニパータ』がもっとも古い釈迦文献であるとすれば、釈迦はすでに地獄のことを語っているではないか。たしかにそのとおりである。インドにおいて地獄の思想が入ってきたのは、紀元前十世紀ごろであったという。インド最古の文献である『リグ・ヴェーダ』や『アタルヴァ・ヴェーダ』には地獄の叙述はなく、死者はその肉体をはなれて、永遠の光のある場所に行くと説かれている。地獄の思想がインドの文献にあらわれるのは『ブラーフマナ』からである。とすれば、インドには元来、地獄の思想がなく、それは前十世紀ころにどこからかきたのではないか。岩本裕《ゆたか》氏は、その地獄思想は、チグリス・ユーフラテス河流域地方からきたのであるという。そこには西紀前三千年のころから栄えたシュメール族の「戻ることのない国」クルの信仰があった。そのクルはバビロニアおよびアッシリアのアラルー、ヘブライ族のシェーオールとともに、セム族が古くからもっていた地獄信仰の表象で、それがギリシアのハァーデースにもなったという（岩本裕『極楽と地獄』三一書房）。東西の地獄思想は、すべてシュメール文明というひとつの根から出たという説は興味深い。

岩本氏もいうように、すでに釈迦の時代において、地獄の思想は、民衆のあいだにあまねく浸透していた。この地獄の思想を釈迦は利用したかにみえる。欲望にふけったら苦しみを受ける。たしかにそれだけでは説得力が不足かもしれない。欲望にふけっても苦しみを受けない人がある。そのような人には、地獄へ落ちるぞと語らないと、欲望の恐ろしさを感じさせるわけにはゆくまい。地獄の思想は、もとより釈迦本来の思想ではない。しかし、彼は地獄の思想を、彼の説を説く方便として用いたかのようにみえる。

しかし、この方便として地獄の思想を説いたことは、一面において、釈迦の思想がきわめて地獄の思想と結びつきやすい性格をもっていることを示す。なぜなら、釈迦の説いた思想は、人生は苦であり、その苦は欲望を原因とするという思想であった。もしもその思想を現世《げんぜ》に限ることなく、別の世界に延長すれば、そこに地獄が、欲望にふけったことの結果としての地獄が生まれる。つまり、あくまで釈迦の場合は、因果の思想が現世の限界に限られているが、因果概念を、現世という限界をこえて来世《らいせ》へと拡大すれば、釈迦の思想はすぐに地獄の思想となる。この場合に、因果の概念を現世にのみ限ることは、因果の思想の説得力を弱めるのではないかという疑いがある。なぜなら、この世において快楽にふけるものが、かならずしも苦を招かないのを人は知っているからである。欲望をすてることによって真の楽をうるという釈迦の説が、じゅうぶんな説得力をもつには、因果概念がこの世の限界をこえて拡大される必要があるかにみえる。

しかし、そのように、因果概念が現世をこえて拡大されるとき、まさに釈迦の思想は、あのいっさいの迷信を語らないという理性的な明澄さを失うのである。私はあくまで釈迦は、理性的明澄さをもち続けた思想家だと思う。彼の因果概念は、後世、われわれが仏教をそう解釈するように、前世の善因により、この世で良い果をえたり、この世の悪因により、来世で悪い果をうるというようなものではないし、またアリストテレスから近代科学につたわる純粋科学的な因果概念でもない。倫理的因果概念というべきであろうか、欲望によって苦が生じ、欲望をほろぼすことによって苦が滅するという現世的倫理的な因果概念である。

しかし、この因果概念はジレンマを含んでいた。それが倫理説として説得力をもつためには、理性の限界をこえなくてはならなかったし、理性の限界にとどまれば、それは説得力、なかんずく、現世をこえた因果説を信じているインドの民衆にたいする説得力を失ってしまうのである。釈迦はもちろん、因果概念を現世の限界においてとどめる理性的思想家であったが、彼はまた、方便のためには、ときには、現世をこえた因果概念をも説く説法家であったと思う。

釈迦の死後、むしろ仏教は、因果概念を現世の限界をこえて用いる方向に進む。そして、すでに民衆のなかに信ぜられていた地獄の思想は、限界なく仏教のなかに入れられ、かえって仏教のなかに、地獄思想は、もっとも快適な保護者を見出し、地獄の分類とその描写はますますくわしく、ますます精密になってゆく。

この地獄の複雑化については、岩本氏の前掲書をみていただきたい。『大智度論』や『正法念処経《しょうぼうねんじょきょう》』や『倶舎論《くしゃろん》』などに地獄はもっともくわしく説かれているという。その考察については、仏教学者にまかせるよりほかはない。もしもこの場合、仏教、とくにインド仏教について、まったく無知な私が多少の推論を提出することが許されるとしたら、地獄の複雑化は、おそらく仏教の世界観化と関係をもつのではないかということである。釈迦仏教は倫理的な色彩の強いものであった。釈迦は、世界はどのようにできているかなどという形而上学的、宇宙論的問題に解答を与えることを最初から拒絶していた。矢がささって人が苦しんでいる、このとき、問題はまず矢をぬくことで、矢がどんな矢であり、なにからできているかなどということは、第二、第三の問題ではないかというのが釈迦の考えであった。世界はなにかなどという問題を論じるより、自己の苦悩をまず救うことが大切なのである。

こういう態度は、きわめて倫理的、あるいは実存的である。しかし、思想の問題を、ただ倫理的問題、実存的問題に限定することはできない。人間は、世界とはなにか、人間とはなにかを問う好奇心を深くいだいている。釈迦以後の仏教は、もういちどこのような宇宙論を自分の立場で考えようとする。とすると、時間の幅が広がってくる。釈迦という偉大な人間ですら、じつは歴史的にかつて存在しただれかの後身ではないかと考えられる。しかし釈迦の前身が、そのまた前身が求められ、それと釈迦とが因果の概念で結びつけられる。釈迦の前身がさまざまに空想され、本生譚《ほんじょうたん》や因縁譚が出てくるときは、因果概念が釈迦においてもっていた限界が、もうすっかり消失してしまっている。そして因果がそのように現世を越えて求められるとき、欲望の結果の世界である地獄は、ますます強い実在性を獲得してゆく。倫理学から宇宙論への方向、小乗から大乗への仏教の発達の方向があろうが、もとより、くわしいことは私の語りうるところではない。

かくて、まさに地獄は豊かになってゆく。鬼ばかりか、閻魔《えんま》が現われ十王《じゅうおう》が現われてくる。この地獄思想の精密化とともに、六道思想、地獄、餓鬼、畜生、阿修羅、人間、天という六道思想が生まれてくる。この六道思想は初めは五道、つまり阿修羅がなかったが、のちに阿修羅が加わったものであるともいわれる。

これについて、もちろん、くわしいことを私は知らないし、また、大乗仏教の展開と地獄思想はいかに内的に結びついているかという研究も、寡聞にしてあまり私は知らない。私は、こういう研究を未来の仏教学者にまかせることにして、しばらくここで眼を日本に移そう。

仏教の体系的理解への智顗の方法

われわれは、この本で日本の思想における「地獄の思想」の系譜を扱おうとしている。そして地獄の思想が、日本においてどのように展開され、どのように日本文化を形成したかを知ろうとする。すでにわれわれは、地獄の思想が釈迦の苦の思想と関係をもっていることを知った。地獄の思想が、釈迦の死後、釈迦のもっていた理性的限界をうちやぶり、仏教の思想のなかへ大々的に入っていったのをみた。その思想が日本にくる。もちろん、仏教全体が地獄の思想を発展させたことはたしかである。しかし、とくに地獄の思想の色こい仏教思想がある。それは、さきに私が説明したように、天台と浄土教である。天台は平安仏教の中核をなした。地獄の思想が広く拡がったのは平安時代である。なによりも天台の教えが地獄の恐ろしさを日本人に知らせた。

天台思想とはなにか。天台はどうして地獄思想を説いたのか。日本天台宗は最澄により始められたが、その教説は、六世紀の中国の思想家、天台智顗の教説をもとにしていた。天台智顗の教説とはなにか、そしてそれはなぜ地獄を説いたのか。智顗において、われわれは、日本の思想とインドの思想を媒介する中間項をうるのである。智顗は一面、インドの、とくに竜樹の思想の影響をうけるが、彼はその影響のもとに、独自な思想体系を作る。

天台学、それはおそらく、中国のもっとも深い、もっとも体系的な哲学の一つであろう。その智顗の学問が最澄により日本に入ってきて、日本の仏教、日本の哲学の中心となるのである。

天台思想については、まだよく知られていないといってよい。天台宗が真言宗とならんで平安仏教の中核となり、そこから浄土教や禅や日蓮宗が出てきたのを、人はよく知っている。天台は日本の仏教の生みの親だという。しかし、その生みの親がどんな思想であり、どんな影響を日本の仏教ばかりか、日本の文化に与えたかは、ほとんど知られていない。そういう問いは、まじめな問いとして、ほとんど問われていない。人は、平安仏教は貴族仏教で、祈禱仏教だと片づけてしまうだけである。そのように歴史教科書に書かれ、人はそのように信じる。

私はこういう過誤が、だれにも怪しまれず、大手をふって通るかぎり、日本の仏教ばかりか、日本の思想、日本の文化の研究などは、できたものではないと思う。その思想の意味が、問われなくてはならない。天台について、もちろん前田慧雲《えうん》の『天台宗綱要』とか、島地大等《だいとう》の『天台教学史』というすぐれた研究があるにはある。しかし、そういう研究のみでは、天台学はわれわれ現代人のものにならない。われわれは、天台思想がどういう思想であり、それがどういう影響を日本の文化に与え、そして今、どういう意味をもつかをあらためて問う必要があろう。

もちろん、私は今このような仕事をする能力はない。私はいつか、天台についてのくわしい研究書を書きたいと思うが、今は天台についての数冊の研究書と智顗の主著である『摩訶止観』や、その縮刷版ともいえる『天台小止観』を卒読した程度であるから、地獄思想をめぐって、ひとつの思想的類推を行なう能力しかもたないのである。

天台智顗。六世紀、南北朝から隋にかけての思想家。動乱の時代、彼の母国梁は、陳にほろぼされ、彼は父母とともに流浪の生活を送る。やがて父母も故郷も失った彼は、おそらく人間のもつ深い悪と同時に、人生の空しさを知った。まもなく隋が起こり、智顗は煬《よう》帝《だい》によばれるが、彼はいつも山にかくれて、静かに瞑想することを好んだようである。栄達への蔑視、孤独な瞑想へのあこがれ、そしてまれにみる豊かな学識と鋭い知性、ここに中国では珍しいインターナショナルな思想家がある。仏教は、中国において初めて独創的な思想家を生み出したといえる。

智顗の思想的功績は、大体二点であるといわれる。教相判釈《きょうそうはんじゃく》と止観《しかん》の思想である。教相判釈とはなにか。釈迦の経典の、時代判定とその価値判定なのである。前章の初めに私が論じたように、仏教では、釈迦が死んだのち何百年たってからでも、なお釈迦の名のもとに、新しい経典が書かれ続けた。この経典が、西域から中国にもってこられる。そして多くの中国訳の経典ができるが、それは多くは意訳であり、意訳は何種類もでき、しかも中国人は、おのれの頑固なる中華思想により、ほとんど原文を読もうとしないので、どの経がどの原典の訳かもわからなくなったうえに、中国産の偽経もあり、かくて無数の経典が、釈迦の正説の名で流布していたのである。その多くの経典のなかには、矛盾があり、撞着があり、いかなる思想も、仏教の名で行なわれないものはないというような状態であった。

この無数の仏典を整理し、そのなかから釈迦の正説をとり出す必要があった。こういう中国の特殊事情から生み出されたものが五時八教の理論であった。五時というのはクロノロジーである。経典の時代考証であった。この時代考証において、智顗は強引にも、釈迦の名で書かれているすべての経典を、釈迦そのものの一生にあてはめてしまったのである。これは奇妙なことである。

釈迦が死んでからできた多くの文献を、釈迦の一生にあてはめて考えることは、明らかに誤謬である。この誤謬の原因はなにか。それはひとつには文献学の未発達のためであろうが、ひとつには智顗のまじめさであろう。まじめな仏教僧の彼が、どうして釈迦の名で行なわれている経典を、後世の創作と信じることができようか。このような文献考証のヒントになったのは『無量義経』という経典であるが、それにもとづいて、彼は華厳《けごん》、阿含《あごん》、方等《ほうどう》、般若《はんにゃ》、法華《ほっけ》という五つのグループにすべての経典を分類し、それを釈迦の一生にあてはめて整理するというクロノロジーを作ったのである。つまり最初、釈迦は彼の教えを語ったが、むつかしくてよくわからなかったので（華厳部）、わかりやすい小乗の教えを方法として説き（阿含部）、徐々にその教えを否定して（方等部）、つぎにすべてに通ずる教えを説き（般若部）、最後の四十日間に、長いあいだ、心に秘した真実の教えを明らかにした（法華部）、というわけであるから、釈迦が最後に説いた『法華経』こそ釈迦の四十年間秘して語らなかった真説、正説であり、あとは、けっきょく皆、方便の教えにすぎないということになる。

このように時代考証を行なった智顗は、八教の説で価値判定を行なうのである。八教というのは、頓教《とんぎょう》、漸教《ぜんぎょう》、秘密教《ひみつきょう》、不定教《ふじょうきょう》という化儀四教《けぎのしきょう》という分類法と、三蔵教《さんぞうきょう》、通教《つうぎょう》、別教《べつきょう》、円教《えんぎょう》の化法四教《けほうのしきょう》という分類法をもうけ、それぞれ価値評価を行ない、けっきょく、『法華経』は非頓、非漸、非秘密、非不定教であり、円教であり、最高の価値をもった経典だというのである。

この五時八教の理論は、歴史的にみれば興味深い。いかにひとつの文化が、他のひとつの文化を理解することが困難であるか、その困難のなかから智顗はいかに努力したかをわれわれは知る。私は智顗の誠実さについて、じゅうぶん同情をもつことができる。しかし、その説をそのまま真理であるとはとても認めがたい。しかも、その説はずっと、そのまま真理であると認められてきた。最澄はもちろんそれをそのまま信じて、『法華経』が釈迦の正説であることを疑わなかった。

のちに日蓮が、まさにこの説にもとづいて、『法華経』のみが釈迦の正説であり、他は異端邪説であると大獅子吼《だいししく》した。日蓮の情熱はたしかに偉大であり、彼の知性も当時としては最高の知性であったかもしれない。しかし今、天台智顗の説をそのまま信じた日蓮の説をそのまま信じ、『法華経』だけが釈迦の正説とし、もっぱら他の教説を仏説にあらずと排斥する宗教集団があるのは、どうしたことであろう。私は、その宗派がみずから考えるように、自己の宗教が科学と矛盾しない宗教であるならば、五時八教の説を捨てたほうがよいと思う。五時八教を捨てても、まだ『法華経』崇拝、日蓮崇拝は成り立つのである。知性と情熱がみごとに統合された宗教のみが、真に歴史を動かす力となるのである。

精神の三千の位相

天台智顗は、一面において仏典の整理学の大家であり、『法華経』の信者であった。しかし、他面において彼は深い内省の人であった。その内観の、内なる心をみる方法を、彼は新しく作り出した。釈迦と同じように、本を書かなかった彼の説は、門弟の講義筆記により伝えられるが、そういう内観の法を説いた講義録が『摩訶止観』であり、それを縮刷したのが『天台小止観』であろう。

「心はこれ不可思議の境なりと観ずとは、この境は説くこと難し、先に思議の境を明かして、不思議の境をして顕われ易からしめん」（関口真大校註『摩訶止観　上』岩波書店）

心は不可思議である。この不可思議な心をみよ。そして、この心のおりなす世界を観察せよ。そしてその心を観察することにより、意馬心猿《いばしんえん》、荒れ狂い、たけり狂う心を静めて、静かにさとりに入れ。智顗は、心のおりなす世界を十に分かつ。つまり、地獄、餓鬼、畜生、阿修羅、人間、天のいわば六道の迷いの世界に、声聞《しょうもん》、縁覚《えんがく》、菩薩《ぼさつ》、仏の四つのさとりの世界を加えたものである。声聞は、いわば釈迦の教えを聞いてさとりをえた人間、縁覚はひとりさとった人間、菩薩は利他の教えを実践する人間、仏は真にさとりに入った人間である。声聞、縁覚は小乗の教え、自利の教え、菩薩は大乗の教え、利他の教えに配せられる。

智顗はこの四つの仏教の発展段階、あるいはさとりの段階を、六つの苦の世界につけ加えて、ここに十界なるものをつくり出したのであろう。

中国天台の研究者である横超《おうちょう》慧日《えにち》氏は、この十界の思想も、やはり智顗の創造であるが、智顗の説の主なる創造性は、この十界に、またそれぞれ十界があるという十界互具《ごぐ》の思想にあるという。つまり、地獄から仏までの十の世界にそれぞれに十の世界がある。地獄の世界のなかに地獄から仏までの世界があり、仏の世界のなかに地獄から仏までの世界があるということである。

私は、これはすばらしい思想であると思う。私は地獄の住民であるとする。私の心は悪にまみれ、私のすることは、すべて殺人、強盗、強姦、そしてそのために私は世にもはげしい苦しみを経験するとする。しかし、その私のなかにも仏の心がある。煩悩にふりまわされ、悪にまみれ、地獄の苦しみを毎日のように味わう私にもなおかつ仏の心があるのである。また逆に私が仏になったとする。仏の心よ、慈悲の心よ、しかしその仏のなかにもまた地獄の心、煩悩の心、悪の心が隠れているのである。そして人は増上慢におちいるとき、かならず地獄へ落ちるにちがいない。

なんという自己反省のきびしい思想であろう。そしてそれは、おそらく真の意味の人間の平等の思想であろう。なにによって人間は平等であるか。人間であること、それはあまりに抽象的であるかにみえる。仏から地獄までの心をもつことによって、人間は平等であると考えるのは、じつに深い人間洞察のようにみえる。

智顗は、なおこの十カケル十、すなわち百の世界に、それぞれ十の様相があると考える。これが十如是《じゅうにょぜ》という思想であり、各世界の十の様相を智顗は克明に観察する。そして、百カケル十、すなわち千の世界に、五陰《ごおん》と衆生《しゅじょう》と国土《こくど》の三世界があり、世界は全部で千カケル三、三千世界であるとする。今、一瞬の心に三千の世界がある。この心を深く観ずれば、すべての世界の秘密がとけるというわけである。

この一念三千という思想が智顗の内省の原理になるのであろうが、『摩訶止観』は人間のなかにおける煩悩や病患や業相《ごうそう》や魔事や執着や高慢など、さまざまな暗い心の反省に終始している。智顗は十境をたてて、止観修行のさまざまな段階を説いているが、『摩訶止観』においては、第七観までで、それ以上の観は説かれない。つまり煩悩の世界の観は説くが、二乗《にじょう》や菩薩の観は説かないというのである。これは『摩訶止観』が中途で終ったためではないかと思われるが、関口真大《しんだい》氏によれば、智顗の青年時代の書である『禅門修証』にも七境までしか説かず、「賢聖の深位の如きは、但だ章を点ずるのみ」といっているという（『天台止観の研究』岩波書店）。彼はわざと第七観で筆を止めたのである。彼の『摩訶止観』をヘーゲルの現象学に比することができるとすれば、智顗の現象学は煩悩や病患や魔事の項ばかりで、精神の項、とりわけ絶対精神の項を欠いているわけであるが、この点にも彼の思想の深い反省的性格があるのではないか。

天台智顗は深い地獄の観察者であった。戦乱のなかで生きた彼は、つぶさに地獄の相をこの世にみた。人間への絶望。彼は人間の悪と苦を徹底的にみつめた。そして、静かに心を観ずることにより、この心の不安をとりのぞける。そこに彼の哲学の核心がある。

空と仮の人生を真剣に生きよ

この智顗の一念三千の教説とならんで、彼の代表的な教説は三諦円融《さんたいえんにゅう》の教説である。三諦円融とは、三つのさとりが、とけあっているということである。三つのさとりとはなにか。人生は空であり、人生は仮であり、人生は中である、というさとりである。

男があり、舎衛城《しゃえじょう》に仮門《けもん》という女がいるという噂を聞く。心に喜び、夜寝て彼女の夢をみた。彼女と事を行なったという夢である。覚めてみると、それは夢。彼女がきたわけでなく、彼が行ったわけではないのに、この喜びはどうしたわけであろう。快楽の記憶は残り、たしかに楽しみは実在したかのようである。

智顗は三諦円融を説明するのに、このような比喩を用いる。夢にみたあいびきは空しい、それはまさに仮のものであった。しかし、この空、この仮にもかかわらず、この楽しみは、まさにそのままではないか。人生もまたそうかもしれない。この人生は空しいもの、仮のものにちがいない。しかし、この人生は空しいもの、仮のものであるとしても、この人生を離れてどこへ行くのか。この人生以外にどこか別の世界があると思うのは大きな誤謬ではないか。人生を空と知りつつ、人生を仮と知りつつ、しかもこの人生を真剣に生きよ。それが中のさとりなのである。

私はこの思想のなかに、ニヒリズムをさえ感じる。それはニーチェのいう積極的ニヒリズムというべきものかもしれない。人生は空しく、仮である。けれど否定に執する愚か者、もういちどこの人生に帰ってこい。空と知りつつ、仮と知りつつ、この人生に生きよ。またなおこの人生に安定してはいけない。たえずこの人生を空と仮と観ぜよ。空も仮も知らず、人生を中とのみ考える人間がある。よくいえば現実主義者、悪くいえば俗物である。人生を空しいと知って、空しいという思想に安住する人がある。よい意味の批判的インテリ、悪い意味のニヒリストである。人生は仮と知って、仮の思想に安定する人がいる。よい意味の理想主義者、悪い意味の空想家である。智顗はこのような一つの諦に偏してはいけないという。たえず三つの諦をもて。人生は空しき、仮なるものとして、しかもこの人生にしっかり足をつけて生きたらどうだ。

私はこの思想のなかに、ほとんどカミュの思想を感じる。あるいは智顗はカミュより、もっと深い生の知恵に満ちているとはいえないまでも、彼の哲学体系は、カミュよりはるかに組織的であることは確実である。私は、智顗という人は人生の深淵に見入った人であると思う。人生の愚劣さを彼ほど知っている人間はいない。しかし、あえて彼はこの空しく仮の人生にたいして、ヤアといおうとしているのだ。

このように天台智顗の思想をみるとき、われわれは、あの平安時代の文化がもつ一種の暗さと深さがよく理解されるであろう。内省の哲学、それが日本の文化にも深い内省を教える。文化創造の原理として、ただ楽天的な思想のみではじゅうぶんではない。深い人生の闇を見入った思想も必要なのである。天台はまさにそういう思想であった。そこから、他の多くの仏教とならんで、浄土教もまた出てくるわけである。

第四章　地獄と極楽の出会い（源信）

『往生要集』の説く六道

源信《げんしん》はなによりも天台宗の僧であった。純潔な精神の持ち主であった彼は、幼にして出家し、叡山で学んだが、出家の世界においても、あまりにもきたなく、いやしいものを彼はみた。徳行と学識は彼の名声を高めたが、名声が高まるにつれて、かえって彼には隠遁のこころざしが強くなり、ついに横川《よかわ》に隠棲して『往生要集』を書いた。『往生要集』は、浄土信仰の基礎を作ったといわれるが、少なくとも、彼の自覚においては、浄土信仰は天台教義と矛盾するものではなかった。

『往生要集』には、日本における多くの理論的な書物がそうであるように、外国の、ここでは中国やインドの仏典の引用が多いが、その引用の仕方、および引用文のあいだに語られる彼の言葉には、深い宗教的体験がにじみ出ている。慈悲の精神が繊細な感受性と明晰な論理と結びつき、きわめてすぐれた書物を作っている。それゆえ、この書物は当時の日本人の心をとらえ、古代から中世へかけての日本の文化に大きな影響を与えた。

天台の教徒として、彼も観心《かんじん》の方法を用いる。天台では、世界は十界からなっていて、そしてその十界にまた、それぞれ十界がそなわっていると考える。これが十界互具である。天台は、このようなひとつひとつの世界をつぶさに観想することによって、三諦円融の知を獲得しようとするが、源信もまた、世界の観察から『往生要集』を始める。しかし、ここで源信の観察する世界は、十界互具の世界ではなくして、六道《ろくどう》の世界である。

十界のうち、はじめの六界を六道と呼び、それは迷いの世界であり、あとの四界はさとりの世界である。源信はまず、迷いの世界の凝視をすすめる。そして、この世界はきたなく苦しく無常の世界だ、この世界をいといきらえというのである。

六道とは、地獄、餓鬼、畜生、阿修羅、人間、天の六つの世界である。源信に従って、われわれもこの六つの世界を観察してみることにしよう。

地獄。それは純粋な苦の世界である。われわれは、子供のときから、いくらかその世界について知っている。鬼に鉄の棒でたたかれたり、針の山に登らされたり、火あぶりにされたりする世界である。しかもそこでは、人は死によって苦痛からまぬがれることすらできない。残酷に殺された人間は、死ぬとすぐに生き返って、ふたたび残酷に殺され、永久に殺害の苦しみを受けるのである。地獄には、等活《とうかつ》地獄、黒縄《こくじょう》地獄、衆合《しゅごう》地獄、叫喚《きょうかん》地獄、大叫喚《だいきょうかん》地獄、焦熱《しょうねつ》地獄、大焦熱《だいしょうねつ》地獄、阿鼻《あび》地獄の八つの地獄があり、罪の重いもののほど苦悩の多い地獄に落ちる。

人間の苦痛というものは、あんがい類型的なのであろうか。八つの地獄は、たがいによく似ていて、その描写はいささか単調であるが、ときどき胸うたれるような地獄の叙述にあう。

衆合地獄は、とくに印象的である。それは邪淫の罪を犯した人間の落ちる地獄であるが、そこで人間は鬼たちに山のなかへ追い込まれ、両側から迫ってくる山におしつぶされる。二つの山にはさまれ、つぶされて血を流す男のイメージは、私には性的な比喩のような気がする。

この衆合地獄のなかに、刀葉林《とうようりん》という林があるそうな。鬼はそこへ男を置く。男がふとその木の上をみると、きれいに着飾ったあの女がいるではないか。男はそれをみて、けんめいに木に登ろうとすると、木の葉はすべて刃になって、男の肉を裂くのである。けれども、男は女に会いたい一心で血だらけになって、やっと木に登り終ると、女はいつのまにか地上にいて、「あなたのために地獄へ落ちたのよ。早くきて抱いてよ」という。男は、かわいさで胸いっぱいになり、無我夢中で木をおりようとするけれど、こんどは刃の葉が上を向き、おりようとする男の体をずたずたに引き裂く。やっとのおもいで地上におりると、こんどはいつのまにか女は木の上にあって、男をみてニッコリ笑う。またしても男は狂乱し、木に登る。このようにして、無量百千万億年を送るというのである。

私は、これを読むたびごとに、これがはたして地獄のことかと疑う。われわれの生きているこの世界に、これと同じような苦しみがありはしないか。このような愛欲の苦しみに、たいていの人は一度や二度は落ち込むのではないだろうか。これを描く源信の筆は、他のどこよりもさえているかにみえる。源信自身も、かつて愛欲地獄の深みへ落ちたことのある人ではないか。それは、純潔無比といわれた横川の聖者にたいして、いささか礼を失する想像かもしれない。しかし、おのれの心のなかに無限に深い闇をみないような聖者を、私は人間として尊敬することができない。源信もまた、人間のなかにある深い闇を熟視していた人のように思う。

また、焦熱地獄のなかに分荼離迦《ふんだりか》という特別地獄がある。焦熱地獄のなかにいて、火につつまれている亡者は涼しいところを願い求める。そこへ、「早くこっちへこい。ここに蓮（分荼離迦）の池がある。水も飲めるし木陰だってある。早くこないか」という声がどこからか聞こえてくる。亡者はその声につられて走って行く。いくたびか、火の燃えている穴へ落ちてさんざん苦しんだのちに、やっとのことでその池にたどり着く。ところが、その池こそ、まさに大火災の場所。亡者は猛火に焼かれて死ぬが、また生き返って猛火に焼かれ、また死ぬという苦しみを何億年のあいだ送るのである。ここは、みずから餓死して天国に生まれようとした人間や、他人にその天国を説き、他人をまどわした人間が落ち込むところだという。実現されそうもない未来国を説いて、自己も他人をもまどわしたものが落ちるところだというのである。

この地獄の話も、私になにかを考えさせる。とくに、ひとつの地獄の苦をのがれるために涼しい池だと思ったのが、また地獄であったというのは象徴的な話である。われわれは無責任な未来国をといて人間をまどわした人を知っている。

地獄のつぎは餓鬼道である。餓鬼道は、欲ばりで嫉妬深い人間が落ちるところである。鑊身《かくしん》、食吐《じきと》、食気《じきけ》、食法《じきほう》、食水《じきすい》などさまざまな餓鬼がいる。彼らは多少、性格を異にするが、食の欠乏、あるいは食の異常に悩んでいることにおいて、みな共通である。

釈迦が説いたように、人間の欲望は苦しみにいたる門である。餓鬼道は欲求不満の人間の住処《すみか》である。さまざまな欲求不満の人間がいる。けっして満たされることのできない欲望に身を焼く人間、人を傷つけたり痛めつけたりすることのなかにしか快楽を感じられない人間もいる。そして、欲望はけっして満たされることなく、永久の飢渇に人間をかりたてるのである。餓鬼は、いわば無明《むみょう》の世界の住民である。無明の世界にいる餓鬼の多くは、自己の異常な欲望と欲望の結果を知っている。その欲望と欲望の結果の悪を知っても、それをどうすることもできないのが、無明の世界における住民の運命なのである。われわれのなかには、多くの餓鬼がいるのである。

餓鬼の世界のつぎは畜生の世界である。六道のなかでこの畜生の世界と人間の世界だけが、実在の世界である。この畜生の世界は、餓鬼の世界が貪の世界であるにたいし、痴の世界であろう。畜生の世界はおろかで暗くて、そして不安の世界である。強弱たがいに危害を加え、昼夜、恐怖心に悩まされ続ける世界である。仏教は、キリスト教やギリシア思想とちがって、動物のなかに人間と同じ苦しみをみるのである。牛や馬や鼬鼠《いたち》や蚰蜒《げじげじ》や虱《しらみ》や蚤《のみ》まで、われわれと同じ苦しみを悩んでいる。われわれのなかにも、多くの畜生がある。

畜生の世界が陰気なうめきの世界であるのにたいし、阿修羅の世界は陽気な争いの世界であろう。源信は阿修羅についてほとんどなにも語らない。しかし、阿修羅は怒りの世界なのである。阿修羅に一人の娘がある。彼はその娘を帝釈天《たいしゃくてん》に嫁がせようとする。しかし、帝釈天はかえって力ずくで阿修羅の娘を奪ってしまう。好意が無視され、誇りを傷つけられ、そのうえ、大切な娘を奪われた阿修羅は帝釈天を相手に戦う。しかし、相手は世界の王。戦いはいつも阿修羅に不利であるが、阿修羅は絶望的な反抗をくり返すのである。

この話も私にはきわめて興味深い話である。阿修羅のなかには傷つけられた誇りがある。その誇りという点において、それは地獄、餓鬼、畜生の三悪道、三途《さんず》の世界より上である。しかし、それでもやはり、そこは苦悩の世界、怒りの炎に焼かれる世界である。現代の人間のなかにも、多くの阿修羅がいる。

餓鬼と畜生と阿修羅、この三つの世界はそれぞれ仏教でいう三つの心の毒、三毒、貪、痴、瞋にあたるのであろう。

阿修羅のつぎが人間の世界である。人間の世界を源信は三つの相で考える。不浄の相、苦の相、無常の相である。

不浄の相。人間というものはきたない。人間の身体は三百六十の骨が集まって朽ちた家のようにできあがっている。その骨はさまざまな節や血管にささえられていて、そのなかには五臓六腑があるが、それはまったくきたない。そしてきたない五臓のなかには、いっぱいきたない虫が巣くっている。人間のきたなさは、死んだときにもっともよくあらわれる。人間が死んで墓地に捨てられ、一日二日たつとその身体はぶくぶくふくれあがり、青黒く変色し、臭くただれ、皮は破れて血うみが流れ出す。さまざまな鳥や獣《けだもの》がその死骸を喰い荒らす。その喰い荒らされたあとに、はかりしれない蛆《うじ》が群がる。そして、やがて白骨になると、節々はバラバラになり、手足やシャレコウベは離れ離れになる。しかし、それもしばらくで、やがてそれも腐りはて、土や塵と化してしまう。

この源信の『往生要集』をもとにして書かれたという聖衆来迎寺《しょうじゅらいごうじ》の六道絵には、嵯峨天皇の皇后、あるいは小野小町がモデルであるといわれる美人の死骸図がある。多くの男の心を悩ました絶世の美人が、どんなにきたなく腐りはててゆくかということを、この絵は克明に描いている。この不浄観は、『摩訶止観』にくわしく語られている。女性の色香が忘れられない男に、智顗は不浄観をすすめる。女の、一般に人間の体の不浄を思え。秀でた眉も翠《みどり》の眼も白い歯も赤い唇も、ひとかたまりの糞に脂粉をほどこしたようなもの、どうしてこんなにきたない体を抱き、よろこびにむせび泣き、淫楽にふけることができようか。源信は、この智顗の言葉を引用しながら、人間の体のきたなさを教える。

苦の相。苦は原始仏教以来、仏教の人間観の中心であった。源信は、この苦の相はわれわれがいつも眼前にみているから、ことさら説くまでもないという。

無常の相。人の生命は山から落ちる水よりもはやくてとどまらない。今日生きているからといって、どうして明日を約束できよう。源信はこのような『涅槃経《ねはんぎょう》』の言葉を引いて、生命ははかない、はやくこういう無常の人生から離れて、永遠の世界をあこがれ求めよという。

人間の世界のつぎは天の世界である。天の世界は感覚的な喜びに満ちている。たとえばかの忉利天《とうりてん》のごときは、あらゆる感覚の喜びが満たされる国のように思われる。しかし天人の五衰といって、やがてこの快楽の国から別れねばならないときがくる。このとき、かつて味わった快楽が強すぎれば強すぎるほど、その苦しみは大きいのである。もういちど、あの美しい天に住みたいと、天を去らねばならぬ天人は思うけれど、その願いもかなえられない。

喜びの量だけ苦しみは多いのである。私は、この天人の五衰の話もあまりに人間的すぎると思うのである。われわれは今、この世のなかで五衰の苦悩を経験する多くの天人をみる。人気の衰えた政治家や歌手や運動選手など、かつての彼らの栄華がはなばなしければはなばなしいだけ、衰えは彼らにとって耐えられない。

阿弥陀浄土への祈念

源信は、こうして六つの世界について論じたあと、六道すなわち、われわれの住むこの六つの世界は、けっきょく苦の世界であり、不浄の世界であり、はやくこの苦しいきたない世界を逃がれて、楽の世界、きれいな世界を願い求めよという。浄土とは仏の世界であり、感覚的な喜びと精神的な楽しさに満ちた世界であり、苦悩のない世界である。浄土は数が多いが、とくに西方にある阿弥陀浄土、すなわち極楽世界こそ、もっとも楽しくもっともきれいな浄土であるとともに、もっとも行きやすい浄土であると源信はいう。その極楽浄土を願い求めよう。この極楽浄土を願い求め、死んだのちにそこへ行くにはどうしたらよいか。そのために、この阿弥陀浄土をいつも心に浮かべる必要があるという。この極楽の仏を思い浮かべることによって自分の心を浄化し、どんなことをしていても、われわれの心がいつも仏のもとにあるようにしようというのである。

長いあいだの想像力の訓練によって、いつのまにか、極楽浄土がありありと目にみえるようになる。その背景の空と水、そしてそのなかにある宝楼と蓮池、そしてそのなかに立つ金色まばゆい阿弥陀仏と、その脇侍《わきじ》の観音、勢至《せいし》の菩薩、そして最後に、おのれがそこに行って、蓮の華の上に坐って無限の喜びにひたっている姿すらみえてくるのである。起きても眠っても、立っても坐っても、極楽浄土の姿がたえず眼の前にある。そういう人間になれという。

それは、すさまじい想像力の訓練であるが、そういう能力はだれにもあるわけではない。巨大な極楽を細部にまで想像しようとすると、かえって心が散るのである。それで源信は白毫相《びゃくごうそう》の念仏をすすめる。仏の眉間に白毫といって、白い毛の集ったところがある。伝説によれば、釈迦にそういう白毫があり、それが仏の相だというのである。

源信はいう。阿弥陀浄土全体を想像することは困難であろう、したがって阿弥陀仏のみを想像せよ。阿弥陀仏全体を想像することは困難であろう、したがって阿弥陀仏の白毫を想像せよ、その白毫のなかにどんなに美しい色が、どんなに輝かしい光がかくれていることか。純粋な仏の白毫に心を集中することにより、心を落ち着けようとするわけである。これははなはだ天台的な心の静止法である。できるだけ清いもの、できるだけ小さいものに心を集めよう。そしてこのことにより、心を落ち着け、心をきたないものから離れさせ、心をきれいにしようとするわけである。

このように源信が、念仏をすすめるのも、けっきょく死のときの用意のためである。死が迫っている。はたして、人間が阿弥陀仏のところへ行けるかどうか。その臨終の作法を、源信は細かく規定する。死にゆく人を別の所に置き、静かにねかせよ。ふだんの住まいだと、病人がさまざまな衣服や道具をみて、愛着を起こすからである。病人をして西向きにねかせよ。そして病人の前に阿弥陀仏をやはり西向きに置き、その仏像の右手を挙げさせ、左手に五色の布を持たせ、その布の先を病人に執らせ、病人をして仏に従って浄土にゆく思いを起こさせよ。看病人をおき、香をたき、華をまいて病人をおごそかに飾り、大小便、嘔吐、唾などをもよおしたときには、そのつどこれを清めよ。このように、細かく病人に気をくばりながら、最後に病人につぎのような勧めの言葉を語れという。

「あなたが永いあいだ、浄土の行をしてきたのも、まったく極楽往生のためなのです。今がそのときです。あなたの心をじっと西のほうに向けなさい。すべての世間のことを忘れ、ひたすら心を澄して阿弥陀仏とその白毫相のことを思い続けなさい。そしてその光が無限に輝かしく、どんな罪人もかならず極楽浄土に救いとってくださることを信じなさい。あなたは長い浄土の修行をしてきたのです。極楽往生は確実です。南無阿弥陀仏をとなえなさい。今が大切です。今こそ極楽浄土に行けるかどうかの分かれめです。どうか静かに極楽浄土を念じてください」

他の部分では引用が多い『往生要集』も、この部分だけはまったく源信自身の文章である。彼は二十五三昧会《ざんまいえ》という念仏サークルを作ったが、この言葉は彼がそこで実際語った言葉にちがいない。それはひどく悲しい情景である。死にゆく人がある。その死にゆく人に源信は、お前の行くのはすばらしい国だという。源信が美しい浄土を語れば語るほど、その言葉はかえって悲しみとなって返ってくるかのようである。この情念には悲しさと同時に甘さがある。この悲しさと甘さが、私には日本的センチメンタリズムの原型であるかに思われる。この感情にもとづいて多くの和讃が作られ、それがまた浄瑠璃にもなり、小唄にもなり、歌謡曲にもなる。源信は、このような日本的情念の原型を作り出したという点においても、偉大である。

智顗の認識と善導の飛躍

とにかく、源信において地獄と極楽は出会った。天台の地獄思想と浄土教の極楽思想が、源信によって結びつけられた。最近の研究によれば、浄土教はキリスト教の影響を受けた西域産の思想であるそうだが、それが中国に入り道教と結びつき、曇鸞《どんらん》、道綽《どうしゃく》等の浄土教の思想家を生んだ。とくに善導《ぜんどう》は、エクセントリックなまでにはげしい俗世否定者であり、熱烈な浄土欣求《ごんぐ》者であった。彼は腹わたを取り出すような悲痛な言葉で現世のみにくさ、耐えがたさを語り、魂を打ち砕くようなはげしい言葉で浄土への願望を語った。

源信には智顗と善導の二人が共存している。源信の方法はやはり観である。彼は六道を観ずる。しかし、智顗の場合にあった声聞、縁覚、菩薩、仏の四つのさとりの世界の観は、彼においてはなくなっている。さとりの世界は、四つの世界を観ずることによってでなく、ただ一つの阿弥陀仏を観ずることによってえられる。もはや、阿弥陀仏の観だけでじゅうぶんなのである。つまり源信は、下部だけは天台の方法を用い、上部は善導の方法を用いている。十界互具の世界の観は、ここでは六道と一仏界の観となってしまった。しかもその一仏界は、天台智顗のように現世のさなかにあるというよりは、来世にあるものとされるのである。これは思想的に一世界主義から二世界主義への転化である。おそらくそこには、時代の変動があったにちがいない。人間の住む世界がますます悪くなり、耐えがたくなっていったにちがいない。しかも、世界は末世に入りつつあるという絶望が人間をおそう。こういう時代思潮を背景にして、源信は伝統思想の内部にそれをくつがえすような思想をはぐくんだのである。

天台と浄土教は、地獄と極楽は、たしかにそこで出会った。しかし、それは統一であるより折衷ではなかったか。そしてそれは下半身は天台で、上半身は浄土教という一種のばけものの思想ではなかったか。もしそれが折衷であり、ばけものの思想であったとすれば、新しい統一が必要で、新しい本物の思想が登場しなければならないであろう。そこで、いったいいかなる点が問題なのだろうか。

源信にあっては二つの点が問題であるように思う。ひとつは阿弥陀仏の世界の実在性の問題である。源信は阿弥陀仏を観想する仕方を『摩訶止観』から学んでいるが、それは極楽浄土の観想としては少し不似合であるかにみえる。阿弥陀仏を通じて本来の空をさとれという。つまりこの世のものは空しいもの、この世のものは仮のもの、しかしこの世ものはありのまま、こういう深い三諦円融の真理を阿弥陀仏というひとつの仏を観想することによってさとれというのである。

智顗の方法によれば、それは必ずしも阿弥陀仏でなくっても、なんでもよかったのであろう。あらゆる世界にすべての世界が含まれている。じっとそのひとつの世界を観想することによって、この三諦円融の真理を知れというのである。ここでは、阿弥陀仏も仮のものにすぎなかろう。しかし、浄土教でいう阿弥陀仏がはたして仮のものであっていいだろうか。われわれが死に行こうとするときに、阿弥陀仏の世界が仮の世界だといわれて、はたしてわれわれは阿弥陀仏の世界を信じて、安心して往生することができるだろうか。

智顗の説く救いと善導の説く救いは明らかに別である。善導をして、天台、華厳の教説を捨てしめ、浄土教に導いたのは、彼の人間と自己にたいする悪の自覚であったが、源信にも「事理の業因、その行《ぎょう》これ多し、利智精進の人は、いまだ難《かた》しと為さざらんも、予が如き頑魯《がんろ》の者、あに敢《あえ》てせんや。この故に、念仏の一門に依りて」という言葉がある。たしかに、源信は心情において善導に同意しているが、彼にはまだ智顗の思想が捨てられない。そこに彼の思想の混乱がある。

もうひとつの問題点は、念仏の解釈である。源信においても、念仏とはまず仏を思い浮かべることであった。つまり仏のイマジネーションとしての念仏なのである。しかし、仏を思い浮かべるには、仏の名を呼ぶことが助けとなる。われわれが恋人を思い浮かべるためには、恋人の名を呼ぶことが助けとなるのと同じである。ここで名を呼ぶのは、明らかに思い浮かべる手段であった。しかし、思い浮かべるというようなむつかしい行をするより、名を呼んだほうが簡単ではないか。阿弥陀仏は、思い浮かべられなかったら、われわれを迎えにきてくれないような、そんな慈悲に乏しいものであろうか。阿弥陀仏の慈悲への信仰が強くなればなるほど、かえってその方法はかんたんとなる。そして法然において、念仏とはもっぱら南無阿弥陀仏ととなえることとなるが、源信においてはまだ想像の念仏が中心である。

現世の苦悩がユートピア幻想を育てる

以上によって、われわれは地獄と極楽の接触を明らかにした。われわれが今日、地獄思想を極楽思想と結びつけて考えるのは、源信の影響によるのである。たしかに、源信によって作られた地獄、極楽のドグマは、今のわれわれには受け入れがたい。死んでから行く地獄も極楽も、われわれにとってあまりに空想的である。しかし、われわれはそれをいっかいの作り話と笑うことはできない。地獄、極楽思想をいっかいの作り話として笑ったとしても、われわれの人間認識は深まったわけではない。われわれは、地獄、極楽をありえないことと笑うより、つぎのような問いを問う必要がある。地獄、極楽思想は日本人の心になにを与えたか。そしてそれは人間の心のいかなる要求にねざしているのか。われわれが地獄、極楽を信じないとしたら、その要求はどうして満たされるのか。その問いに、今かりにひとつの答えを答えてみよう。

(一) それは、人間の苦悩をみる眼を人間に与えた。『往生要集』の六道の叙述のなかには、人間の苦悩にたいする深い洞察がある。この洞察が日本人の人間をみる眼を深くしたのである。われわれは第二部で、以後の日本文学において、どんなに人間の煩悩とその苦しみをみる眼が深くなったかをつぶさに知るであろう。

(二) それは、人間に世俗の価値とは別の価値で生きることを教える。世俗の世界はきたない世界。そのきたない世界を離れて、人は清い世界に生きなくてはなるまい。清い世界への願望が浄土という幻想を生みだした。しかも、その願望は永久に人類にとって救いの源なのである。われわれの住んでいる今の世界もきたない。そこは欲望や虚偽や疑惑がいっぱいある。しかも残念なことに、そこでは、純粋なものは滅びやすく、きたないものが栄えやすいのである。こうした世のなかに、どうして純潔な人間が生きられるというのだろう。純潔な人間は純潔な人間だけが住むユートピアを考えたくなるのである。ユートピアへの願い、それが浄土を生み出したのだ。

(三) それは人間に善をすすめ、悪をやめさせる。なぜなら、よいことをすれば極楽へ行き、悪いことをすれば地獄に行くとすれば、どうしてよいことをしないでいられようか。この世の善悪は、あまりに不公平である。善をした人間が損をし、悪をした人間がはびこっている。この不公平にたいして司馬遷のようないきどおりを発しない人間は、道徳的感覚のにぶい人間かもしれない。善への意志が地獄、極楽を作りだす。おそらく現代のわれわれにとってもっとも信じがたい源信の教説は、この因果応報の思想であろうが、浄土教がもっとも庶民の心をとらえた理由のひとつは、こういう因果応報の思想によるのであろう。庶民こそ、悪なる人間が栄え、善なる人間が苦しむ世界をだれよりもいきどおっているのである。

㈣　それは人間を死の不安から救い出す。死はなによりも人間に耐えがたい。自分がまったくの無に消えていくこと、それほど耐えがたいことはない。その人間に浄土教は、永劫に生きられる未来の浄土への希望を与えた。死ぬことを往生というのは、人間にたいするあまりにも愛に満ちた知恵であるかにみえる。死にゆく人への配慮に満ちた源信の臨終の際の言葉を読むと、私は不思議な思いにかりたてられるのである。聖者というものは人間への同情のあまり、人間になぐさめを与える美しい夢をみずから信じ、それを人びとに熱烈に説法する人ではないか。それが人間を救う幻想なら、その幻想もあえて信じる人ではないか。私は幻想を信じないけれど、それは私が人間を愛することが少ないゆえではないか。

地獄、極楽思想は日本人に以上の四つのものを与えた。それがもしも信じられないとしたなら、いったいわれわれはどのようにして人間の苦悩の深さを知り、人間に純粋なものへの生き方を教え、人間の善と悪をどのように根拠づけ、人間の死の運命にどのようにして耐えさせるのだろうか。私は、それらの問いが今もなお、欠けているのではないかと思う。われわれは地獄思想を否定するとき、われわれはじつは人間の苦悩を深くみようとせず、死についても考えようとせず、善も悪も信ぜず、純粋な世界などということをまったく考えてみないような魂の持ち主になっていはしないか。

第五章　無明の闇に勝つ力（法然・親鸞）

知の否定・信仰の絶対化——法然の他力本願

源信のなかにあるこのような矛盾が解決される日がくる。天台と浄土教の混合物、その混合物を浄土教のほうに徹底さすことが必要である。

この必要に応じて現われた思想家が法然《ほうねん》である。古代から中世への混乱期、そのなかで、彼は、純潔にして、はなはだ革新的な一生を送った。彼の思想は、ただ善導《ぜんどう》によれということであった。善導のように浄土の思想に徹底せよというのが彼の思想であった。勢至丸《せいしまる》という幼名をもつ彼は知恵の人であった。そして彼は万巻の書をよんだ。しかし、彼の思想はむしろ知の否定であった。無知となってひたすら浄土を念じよ、それが彼の思想であった。

こういう思想を明らかにするために、彼は『選択《せんちゃく》本願念仏集』という本を書く。仏の教えには聖道《しょうどう》と浄土との二つの門がある。聖道とは自力で救われる方法であり、浄土とは他力によって救われる方法である。われら末世の罪深い民には、自力によって救われるなどとは思いもよらない。他力を信ぜよ、浄土信仰に徹底せよ。そして浄土へゆく方法として正行《しょうぎょう》と雑行《ぞうぎょう》がある。南無阿弥陀仏と口で念仏をとなえることが正行であり、他は雑行である。雑行をすてて、正行を選べというのである。

ここにきて、われわれは浄土教が美的であるより以上に倫理的になったのをみる。源信にあっては、未来の浄土はなによりも美的快楽に満ちたものであった。彼はどんなに美しく浄土の様を描いたことであろう。平安時代の貴族たちはこのような浄土を地上に再現しようとする。そして浄土の模型が数多くこの世に作られた。われわれは、『栄華物語』に描かれている法成寺《ほうじょうじ》のなかに地上最大の極楽浄土の模型をみる。今日もなおわれわれは、宇治の平等院のなかにやや小規模な極楽浄土の模型をみるであろう。しかし、この極楽浄土信仰は、漸次主体的になる。つまり、いかに極楽浄土が美しいかを強調するよりは、今まさに死の不安がせまっている人間をどう救うかが問題になる。そこで阿弥陀像も、極楽浄土に悠然と坐って観想にふけっている坐像から、今まさに死にゆく人を迎え取ろうとする立像の形をとる。

法然は、こうした浄土教の倫理化の線を徹底する。もはや彼にあっては、美しい浄土を観想するよりも、救いがたい自己を阿弥陀信仰によって救済することこそが、問題なのである。法然は、この浄土教の純化をひたすら善導の思想を学ぶことによって行なった。善導のただ念仏だけによれというのが、法然を導くただ一つの教えだった。法然の思想は、彼の意識においては善導一辺倒であったが、今日われわれがこの二人の思想家を比較する場合、二人の性格があまりに違っていることに、むしろ驚きをおぼえるのである。

法然はなによりも知恵の人であった。彼の書いた『選択本願念仏集』は論理学の本のように明晰である。聖道門より浄土門、雑行より正行をえらべ、彼の論旨はまことに明快である。しかし、彼が師とする善導は論理家であるよりも、むしろ詩人であった。善導の文章には、詩人独特の異常な魂の高ぶりがあり、ややオーバーではないかと思われるほどの激烈な言葉がある。彼が懺悔《さんげ》を勧めるときは、目から血を流して懺悔せよといい、念仏の必要を説くときは、日に一万べん念仏せよという。とかく彼のいうことはややエクセントリックにみえるほどはげしい。なによりも彼は、自己の生活において、こういうはげしさを実践した人であった。彼は西方浄土を願うあまり、木の上から西を向いて飛び降りて死んだと伝えられるが、この逸話は真偽はともあれ、今日残された彼の文章から想像できる善導という人間には、まことにふさわしいことのようである。

法然には、このような激烈な詩人の魂はなかった。彼はむしろ論理家であり、同時に円満人でもあった。つまり、詩人をあこがれる論理家、異常人をあこがれる円満人というべきであろうか。七世紀の中国の僧善導の異常な情熱が、十二世紀の日本の僧、法然に乗り移り、彼をして偉大な仏教改革者とさせたが、むしろ善導の深い詩人の魂は、法然よりむしろ弟子親鸞において、より多く受けつがれているかにみえる。

煩悩の闇と永遠の生命の光

親鸞は法然の他力信仰の方向を徹底させた。聖道から浄土へ、雑行から正行への方向が彼によりいっそう徹底され、彼こそ法然の説を正しく伝えるものとして、自己の信仰を浄土真宗と名づける。しかし、親鸞は彼がみずからいうような、法然の思想のまったき祖述者ではない。彼はみずから法然思想の祖述者といいながら独創的な思想を語るのだ。

阿弥陀仏は、なによりも源信以来、死せるものを迎えにくるものであった。つまり、死者の救済者としての仏であった。しかし、親鸞においては、このような死者のための仏としての性格が阿弥陀仏から奪われる。阿弥陀仏は死者のための仏ではなくして、生者のための仏となる。

「来迎《らいかう》は諸行往生にあり。自力の行者なるがゆへに。臨終《りんじゆ》といふことは、諸行往生のひとにいふべし。いまだ真実《しんじち》の信心《しんじむ》をえざるがゆへなり。また、十悪五逆の罪人のはじめて善《ぜん》知識《ぢしき》にあふて、すゝめらるゝときにいふことばなり。真実信心の行人《ぎやうにん》は、摂取《せふしゆ》不捨のゆへに、正定聚《しやうぢやうじゆ》のくらゐに住《ぢゆ》す。このゆへに、臨終をまつことなし、来迎をたのむことなし。信心のさだまるとき、往生また、さだまるなり。来迎の儀式をまたず。正念といふは、本弘誓願《ほんぐぜいぐわん》の信楽《しんげう》さだまるをいふなり。この信心をうるゆへに、かならず無上涅槃《ねちはん》にいたるなり。この信心を一心《ゐちしむ》といふ」（『末灯鈔』）

死ぬときに、阿弥陀仏の来迎《らいごう》を待つなどというのは、信仰が足りないからだ。阿弥陀仏の救いの力を信ずる人は、この世において、すでにゆるぎのない信仰を得て、心は深い喜びにひたるのである。そして、その喜びに生きる人は、もはや弥勒《みろく》と同じ位に入り、来迎を待つ必要はないと彼はいう。

ここで源信以来、浄土教につきものであった無常感が克服される。あの甘い悲しい死の美学が、ここではすっかり影をひそめている。彼が、浄土三部経のうちで、源信以来もっとも崇拝されて来た『観無量寿経』をしりぞけ、『大無量寿経』をもっとも中心的な経典としたのも、彼がこのような死の美学にあきたらなかったからであろう。

『観無量寿経』は王舎城の悲劇を背景にして、釈迦が浄土教の教えを語るはなはだ美しい経典である。そこには美しい幻想と幻想のすすめがある。息子である阿闍世《あじゃせ》王に監禁された母、韋提希《いだいけ》の絶望を、釈迦は未来の阿弥陀浄土をみせることによってなぐさめる。ここで説かれる阿弥陀浄土がどんなに美しかったことか。この美しさが、多くの人間にとってはまたとない魅力であったが、親鸞はそこにふまじめななにかをみた。そこにあらわれる阿弥陀は本当の阿弥陀ではないのではないか。それは、たとえ阿弥陀であっても、化身の阿弥陀にすぎず、本当の阿弥陀は死においてではなく、生においてわれわれに語りかけてくる阿弥陀ではないか。あるいは、あの死においてわれわれの前にあらわれてくる阿弥陀も、真の阿弥陀の化身であり、慈悲の心にみちた真の阿弥陀は、本当の信仰を持てない人間をも、化身の形で救おうとするのではないか。

無常感には、どこかにまじめに人生を生きない人間の嘆きのようなものがある。無常感にかわって、親鸞の悩みの中心になったのは、おのれのなかにある深い煩悩への嘆きであった。わが心のなかにどうにもならぬ煩悩がある。われわれの心は、愛欲、名利欲、そして虚偽の心の海である。真実の心などというものは、われわれにはありえない。真実の心などというものもひとつの仮面で、われわれの心は真実の心の仮面をじつにうまくじつに巧みに利用する。虚偽ばかりのおのれの心。心を暗い煩悩ばかりがむしばむ。

浄《じやう》土《ど》真宗《しんしゆ》に帰《くゐ》すれども
真実《しんじち》の心《しむ》はありがたし
虚仮《こけ》不実《ふじち》のわが身にて
清浄《しやうじやう》の心《しむ》もさらになし

外儀《ぐゑぎ》のすがたはひとごとに
賢善《けんぜん》精進《しやうじん》現《げん》ぜしむ
貪瞋邪偽《とむじんじやぐゐ》おほきゆへ
奸詐《かむさ》も丶はし身にみてり

悪性《あくしやう》さらにやめがたし
こゝろは蛇蝎《じやかち》のごとくなり
修善《しゆぜん》も雑毒《ざふどく》なるゆへに
虚仮の行《ぎやう》とぞなづけたる

親鸞は多くの和讃をつくっているが、『正像末《しようぞうまつ》浄土和讃』のなかの「愚禿《ぐとく》悲歎述懐」と題する和讃ほど、親鸞らしい和讃はない。それは妙に重い言葉の響きを持つ和讃なのである。言葉は多く善導から取られている。しかし、親鸞の手にかかると、いささか才気の勝ち過ぎているかにみえる善導の言葉が、妙に泥くさく、妙に重苦しく、妙に魂に響く言葉となるのである。それにくらべると、源信の言葉は美しいけれど、いささか軽すぎ、善導の言葉すら詩人的な誇張に満ちているかにみえる。それはまったく田舎者の語る言葉である。その口は重く、その語り方は不器用であるが、言葉はすべて真実の心の底から出た叫びなのである。

田舎者には無常の美学にふける暇はない。ただ、彼の心の傷が問題なのだ。煩悩つきず、悪性やまず、無慚無愧《むざんむき》の自分がどのように救われるかが問題なのである。源信にとっては、人間一般の苦や無常や不浄が問題であった。しかし、親鸞にとっては、親鸞一個の自己自身の悪が問題であった。悪性かぎりない私がどうして救われることができよう。

親鸞は、『教行信証』の「信巻《しんのまき》」の終りに、『涅槃経』の阿闍世王の話を長々と引用する。阿闍世王は例の『観無量寿経』に出てくる、父を殺し母を幽閉する悪王である。悪をほしいままにした阿闍世も、やがて後悔にさいなまれるときがくる。「おのれが心に悔熱《くゑねち》を生ず。乃至心悔熱するが故に、遍体に瘡《かさ》を生ず。その瘡臭穢《かさしうゑ》にして附近《ふごん》すべからず」ということになる。恐怖にかられて、彼はいろいろな臣下に相談する。耆婆《ぎば》という大臣があって、心の名医である釈迦に相談せよとすすめる。釈迦は、求めに応じて阿闍世の体と同時に、心をもなおしたという話なのであるが、この阿闍世の懺悔の文章を長々と引用した親鸞は、阿闍世のなかに自分自身の姿をみていたのであろう。仏の慈悲は平等であるけれど、とくに病める人間にたいしては、ことさら深い。善なる人間は、ほっておいても救われるかもしれない。しかし、悪なる人間は仏の力によらなかったら、どうして救われよう。親鸞にとって仏とは、なによりも悪なる人間を救う不可思議きわまる光であった。南無阿弥陀仏、ただひたすらに他力をたのむことによって、極悪非道な自分ですら救われた。阿弥陀仏の力の偉大さをたたえよ。

親鸞において、悪は隠さるべきものではなかった。絶望は癒さるべきものではなかった。徹底的におのれの悪をみつめよ。徹底的におのれの絶望をつきつめよ。その徹底のなかに救いが生まれる。いや、救いが生まれるというよりも、阿弥陀仏が向うのほうから手をさしのべて、極悪非道なわれわれを救ってくれるのだ。

現世に地獄と仏を見る――親鸞の生命賛歌

「化身土巻《けしんどのまき》」で親鸞は最澄作と伝えられる『末法灯明記』なる本をほとんど全文引用している。本の内容はつぎのようである。

釈迦が死んで五百年間を正法《しょうぼう》といい、そのあいだは、釈迦の教えとその行ないの証果があった。しかし、それから千年間、像法《ぞうぼう》の時代には、教えとその行ないだけがあるが、その証果はなく、さらにそれ以後の末法《まっぽう》になると、教えだけがあり、それを行なう人もその証果もなくなってしまう。この末法の時代には、仏教はすっかり堕落し、僧侶もまったく形だけの僧侶となり、心は俗人以上に俗人となってしまうのである。

釈迦が死んで五百年は解脱堅固《げだつけんご》の時代であった。つぎの五百年は禅定堅固《ぜんじょうけんご》の時代であった。つぎの五百年は多聞堅固《たもんけんご》の時代であった。つぎの五百年は造寺堅固《ぞうじけんご》の時代であった。そしてつぎの五百年は闘諍堅固《とうじょうけんご》の時代である。かつて仏教は、解脱や禅定が盛んであったが、今や仏教の名のもとに、争いのみが盛んであるというのである。

こうした歴史的な時代区分を行なったこの本は、現在、すなわち延暦二十年は、一説によれば、仏滅後千七百五十年、一説によれば、仏滅後千四百十年、末法か末法の前夜である、いずれにしても、これは悪の時代、堕落の時代だというのである。

こうして時代の悪をあらわにしたこの著書は、こうした時代区分を使って破戒僧の弁護を行なうのである。現在は末法である、末法というのは、戒のない時代、無戒の時代である。もし現在が無戒の時代であるとすれば、破戒などというものはない。なぜなら、すでにそこには破るべき戒がないからである。経典には、破戒をいましめる文がある。しかし、それはじつは正法、像法時代のことである。戒の現存した正法、像法時代には、戒を破ることは悪いことにちがいない。しかし今、戒のない時代には、戒を破るということすらありえない。このような無戒の時代に、持戒の者、戒を持する人間をさがすのはむしろおかしい。それは市に虎を探すようなもので、そういうものこそむしろマユツバである。

こうした時代にあって仏教を尊敬する道はただひとつ。それは形だけでも僧衣をきて、名だけでも僧を名のるものを尊敬することである。もし仏教が尊い教えであるとすれば、形だけの僧衣を着て、名ばかりの僧を名のるものでも、僧衣を着ず、名を僧と名のらない人間よりましではないか。そういう人間に敬意をはらい、それに布施することこそ、現代の信仰にふさわしいというのである。どうせ現在、人間はすべて悪人である。僧衣をつけた悪人のほうが僧衣をつけない悪人よりましだ。僧衣をつけた悪人を敬えというのである。

この本はたいへんな本であると私は思う。ニヒリズム。イワン・カラマーゾフのニヒリズムに近い。もし神がないとしたら、あらゆることが許される、神はない、それゆえなにをしてもよい、このような論理に、イワン・カラマーゾフは悩まされる。神はない、あらゆることが許される、それゆえ、親を殺してもよい。この結論はイワン・カラマーゾフの良心を悩ます。しかしこの結論を、腹ちがいの兄弟であるスメルジャコフが実行して、父フョードルを殺す。

イワンの問いは重い問いである。『末法灯明記』の著者のニヒリズムは、イワンよりむしろスメルジャコフのニヒリズムに近いかもしれない。現代は無戒の時代である。それゆえ悪はない。いかなる悪も許される。悪の許される時代には、すべては悪人だ。ただ、偽善のみが善である。偽善の善を、仮面の善を尊重せよというのである。

この本が最澄によって書かれたとはとても思われない。反省力の強い最澄がこんな破戒僧弁護の本を書くはずはない。これを書いたのはニヒリストの天台僧のような気がする。彼はつぶさに仏教教団の堕落をみる。ひとりも真実の宗教心を持つ僧などいないではないか。この堕落を自虐的な快感とともに暴露するのがむしろ彼の知的正直さなのである。彼は最澄の名で既成宗教の腐敗を暴露することに皮肉な喜びをおぼえる。

「ドウセオイラハ堕落時代ノ堕落僧、己レノ堕落ヲ知リツツ堕落ヲ肯定シテ生キルコトガ、ワレラノ最後ノ良心ナノダ」といっているかのようである。

この書物は不思議に明晰な書物であるが、そこに欠けている大切なものがある。それは宗教的な情熱なのである。既成教団の腐敗を暴露することにおいて、知的正直さを示したこの著者にも、この腐敗をどう改革するかの実践的誠実さはまったく欠けている。現世の堕落はどうにもなりはしないではないか。どうにもなりはしなかったら、しばらく信者をごまかして生きてゆこうではないか。私は『末法灯明記』のなかにひどくさめた、ひどく現代的なシニカルな思想をみるのである。

この『末法灯明記』を長々と親鸞が引用するのは、この『末法灯明記』の持っている時代と人間をみる目の確かさを彼が重んじるからなのであろう。現代には正しい人間などはいない。あるのは徹底的な悪であり、虚偽であり、欲望である。この時代相をみつめることにおいて、親鸞は『末法灯明記』の著者と見解を同じくした。しかし、親鸞はもとより『末法灯明記』の都会人的知的シニシズムにとどまることのできる人ではなかった。彼は時代と人間の悪をなによりも自己のなかにみる。救われない、どうにもしようのない悪の自分がいる。そういう自分を浄土の教えは救ってくれた。法然に会い、他力の教えを聴くことによって、自分は救われたのだ。

親鸞は、こうしてくりかえしくりかえし、われらのごとき悪なる人間を救ってくれた阿弥陀仏をほめたたえ、その教えを聴かしてくれた法然をほめたたえる。ここで念仏は浄土を求める口称念仏ですらない。ただただ阿弥陀仏の偉大な力をほめたたえる感謝の念仏なのである。もはやいっさいの自力は無用なのである。自力の善によって往生しようなどというのは、人間の思いあがりである。すべて救いはわれわれのはからいではなく、まったく阿弥陀仏のはからいである。

阿弥陀仏はここで死せる者の仏でなく、生けるものの仏となる。われわれの内にある永遠の命のようなもの、そして自己の力への絶望と懺悔によって、初めてわれわれを救うようなあの永遠の生命の光、それが親鸞の阿弥陀仏なのである。阿弥陀仏はここで光と化してしまった。無限の生命の光。どんな悪人をも救いとる永遠の命、それを親鸞はたたえる。阿弥陀仏のかわりに彼は不可思議光如来《ふかしぎこうにょらい》とか、尽十方無礙光如来《じんじっぽうむげこうにょらい》という言葉を用いる。阿弥陀仏は不思議な力によってわれわれを救いとる光となり、さわりなく十方を照らし、すべての衆生を救いとる光となった。真宗では、親鸞以来、人間の相貌をした仏像のかわりに、四方へあまねく照らしている光の図を本尊として崇拝することが行なわれる。

光にたいする親鸞の執着はすさまじい。『正像末浄土和讃』は全部この光への賛歌である。無明の闇も深いけれど、それ以上に不可思議なのは光の神秘である。生命の深さを思え。歓喜、大歓喜、信仰によってわきあがる生命の喜びの深さ、それこそ不思議のなかの不思議ではないか。親鸞はそういう生命の歓喜の歌を高らかに歌う。しかし、その歌声の背後に重い悲しみの心がある。ああ、すばらしい大生命の世界、しかしその大生命の世界からわれわれは無限に遠く離れているのではないか。かつてもそうであり、今また真の信仰を知ったときになっても、われわれの心はややもすれば自力の善に誇り、他力信心の大歓喜を得ようとしないではないか。親鸞のすべての書物のなかには、そういう喜びと悲しみが入り混じっている。

そういう悲しみゆえなのだろうか、彼が未来の極楽浄土を二つに分けたのは。ひとつは真の仏土であり、それは他力の信者が行く極楽なのである。それは真実仏土であり、あらゆる喜びがそこにある。しかし自力の人、たとえ念仏行者であっても、自分の行や善根で極楽へ行こうと思っている人は、そういう真仏土《しんぶつど》へ行けない。彼らは化仏土《けぶつど》へ行く。化仏土というのも一種の極楽で七宝の宮殿に囲まれているが、そこへ行った人は五百年のあいだ、閉じ込められて仏をみないという。つまり同じ極楽でも辺地であり、深い精神の喜びのないところだという。仏智不思議を信ぜず、自力を誇ったために、そういうにせ極楽に落ちたというのである。

　これはまことに奇妙な教説である。地獄、極楽がわれわれの行くべき二つの世界であった。しかし、ここでは地獄はなくなっている。阿弥陀仏はどんな悪を犯した人間をも救いとる絶対の慈悲を持った仏なのである。そういう仏がいるからには、どうしてわれわれが地獄に落ちよう。しかし、それかといってわれわれが一様に極楽へ行けるのはおかしい。それでは真に阿弥陀仏の力を信じた人と、信じなかった人の区別がなくなってしまうではないか。こうして親鸞は極楽に二つの区別を置くのである。しかも、その真仏土と化仏土の別れる原理は、行為の善悪ではなくして、信仰の純、不純にあるのである。

　この真仏土、化仏土の説は、源信の『往生要集』にある言葉をヒントにして、親鸞が思いついた彼独自の思想であろう。『教行信証』で彼はいろんな経典をあげてこの区別を証明しようとするが、あまりうまくいっているとは思われない。われわれはその証明をうのみにするより、そういう区別をしなければならない彼の思想と心情に注意すべきであろう。

真仏土と化仏土の区別をたてることによって、ここにひとつの価値の転換が行なわれる。つまりすべての人間を地位や学識や善悪によって分かつのではなく、絶対他力の信仰の有無によって分かつのである。われわれがどんなに貧しく、どんなに無知で、どんなに悪人であろうとも、信仰さえもてば真仏土へ行けるのである。それにたいして、どんなに地位が高く、どんなに学があり、どんなに善行しても、信仰がなかったら化仏土行きなのである。真宗の教説のなかにひそむ価値転換の、あるいは価値復讐の論理である。この論理を持ったところに、真宗のたくましい実践力が生まれてきたのであろう。

親鸞において未来の地獄はなくなってしまった。では、どこに地獄はあるのか。自己に、と親鸞は答えるだろう。親鸞にとって地獄の証明は不要であった。おのれ自身が地獄の最中《さなか》にいるではないか。

「誠に知んぬ、悲しきかな愚禿鸞《ぐとくらん》、愛欲の広海に沈没《ぢんもち》し、名利《みやうり》の太山《たいせん》に迷惑して、定聚《ぢやうじゆ》の数に入ることを喜ばず、真証の証《さとり》に近づくことを快《たの》しまざることを、恥づべし傷《いた》むべしと」(「信巻」『教行信証』)

親鸞において地獄はなくなったようにみえたが、むしろ地獄は足下にあったのである。われわれは、彼において地獄をつきつめることによって、無限の生の喜びにいたる思想をみた。無限の生の喜びにいたるには、人はやはり地獄を通らねばならないのだ。

東と西の地獄――苦悩の文明と罪悪の文明

私はやはり親鸞はすばらしい人だったと思う。魂の真率さと深さ、何事にもあれ、彼は小器用に偽ることなどできない人であった。深い深い命の底なる苦悩と歓喜の声を、いつも聞いていた人である。私は彼において地獄の思想の帰結をみる。地獄の思想を徹底さすことにより、彼の前にかえって大生命の歓喜があらわれる。地獄の思想は、そこでは生命の思想のなかにのまれてしまわないか。親鸞はどこかで空海とつながりはしないか。阿弥陀の仏は、大日の仏とどこかで通じないか。

これらの問いは、さらに問われるべき問いであろう。しかし今はそのときではない。われわれは、このように釈迦から親鸞にいたる苦の思想、地獄の思想が、どのような影響を与えたかという問いを問わねばならぬであろう。もとより地獄の思想の系譜もこれのみでは不十分である。釈迦から親鸞までにおいても、親鸞以後においても、地獄の思想の系譜に属すべき思想家がある。西行、一遍、一休、木食《もくじき》など思い出すだけでも大勢の思想家がいる。けれど、私はこのような課題をも未来にまかせて、ここでは一応、釈迦から親鸞にいたる一本の地獄思想の系譜をつくったことで満足しなければならぬ。つぎの地獄の文学の路線をどのようにたどるべきか。

この問いに入る前に、今一つだけ問いを問おう。地獄の思想は西洋にもある。西洋の地獄思想と東洋の地獄思想はどうちがうのか。たとえば、ダンテの『神曲』の地獄と源信の『往生要集』の地獄はどうちがうのか。この問いは今までわざと私が抑えていた問いである。なぜなら、その問いは、じつにむつかしい問いだからである。西洋文明と東洋文明との根本的なちがいに関する問いだからである。もとより、私はこの問いに自信をもって今答えることはできない。ただつぎのように一応の仮説を立てることができるかもしれない。西洋においても地獄はさまざまである。ホメロスの『イーリアス』において、死者が影絵のようにうごめいているハァーデースの国が描かれている。ソクラテスも死ぬ前に、ハァーデースについていろいろ思いめぐらす。しかし、強烈な地獄のイメージがヨーロッパに入ったのは、やはりキリスト教とともにであったように思われる。罪の火に焼かれる国、キリスト教の地獄はそういう罪の世界である。それゆえダンテは、そういう罪ゆえに地獄におちた人間を、あるときは無関心に、あるときはザマをみやがれとみる。しかし、源信にとって地獄の苦は、われわれと関係のない苦ではなかった。われわれは、ひっきょう地獄の民であり、地獄は、極楽とちがって、われらがそこに住む六道のなかにあった。この地獄をみる眼の客観性と主体性のちがいを『往生要集』の現代語訳者石田瑞麿《みずまろ》氏は指摘している（『悲しき者の救済』日本の仏教5、筑摩書房）が、そこに二つの地獄のちがいがあろう。

仏教において地獄はやはり苦の世界である。そして仏教が苦を人間の基本にみるかぎり、地獄は人間の生にまとわりつき、人間に世界の真相を教えるものである。キリスト教にとって、地獄はやはり罪の世界である。キリスト教にとって、人間は原罪を背負うものである以上、地獄へ落ちる可能性をもつが、キリストを信じることによって、この地獄行きから解放される。したがって、キリスト教の地獄は人間の本質と深くかかわり合いをもつものではない。信仰をもつ人は、地獄に落ちる人を冷たくながめることができるのである。

苦悩の文明と罪悪の文明ということによって、二つの文明がくらべられるかどうかは別にして、今、地獄のちがいという問題を前にして、それが私にとっていちばんたしからしいちがいであるかにみえる。

この問題の解決はまたつぎの機会にまかせて、私はこの地獄の思想がいかに日本の文学に影響を与えたかをみることにしよう。

第二部　地獄の文学

第六章　煩悩の鬼ども（源氏物語）

宣長の源氏物語論――国学者の発見と限界

『源氏物語』が日本の文学において最高の傑作であることは、疑いえないことであろう。だれよりも本居宣長は、この物語を愛し、この物語の価値を認めた。

「こゝらの物語書どもの中に、此物がたりは、ことにすぐれてめでたき物にして、大かたさきにも後にも、たぐひなし、まづこれよりさきなる、ふる物語どもは、何事も、さしも深く、心をいれて書りとしも見えず、たゞ一わたりにて、あるはめづらかに興ある事をむねとし、おどろ〳〵しきさまの事多くなどして、いづれも〳〵、物のあはれなるすぢなどは、さしもこまやかにふかくはあらず」

「此物語には、さる〳〵しき〳〵まで、のこるかたなく、いともくはしく、こまかに書あらはしたること、くもりなき鏡にうつして、むかひたらむがごとくにて、大かた人の情《ココロ》のあるやうを書るさまは、やまともろこし、いにしへ今ゆくさきにも、たぐふべきふみはあらじとぞおぼゆる」（『源氏物語玉の小櫛』）

ここで宣長は、『源氏物語』を昔はおろか「今ゆくさきにも」比類のない「ふみ」としている。宣長のこの言葉が書かれてから百七十年たつが、その間に日本は、ヨーロッパ文明を輸入し、文学においてもヨーロッパの近代小説に影響を受けた多くの小説を生んだ。しかし、日本におけるそれらの近代の小説のどれが、宣長のこの言葉の訂正を迫ることができるであろうか。少なくとも、百七十年の「ゆくさき」にも、この物語に「たぐふべき」物語は存在しえなかったといえる。

十一世紀という時代にこの物語ができたことは、まことにおどろくべきことである。当時、まだ近代小説なるものは、西洋にはなかった。ヨーロッパに近代小説が生まれたのは十八世紀であるといわれる。それに先立つこと七世紀、この小説は、近代小説がもっている人間の内面性への緻密で深い洞察を、その物語の雄大性とともに所有しているのだ。

もとより中国には、かような物語はない。吉川幸次郎氏は、中国文学の傑作は詩と歴史的散文であり、フィクションの文学は中国ではあまり発展しなかったという。たしかにそのとおりであろう。『水滸伝』といい『金瓶梅』といい、『源氏物語』よりはるかに後世にできた文学であるとともに、それらは心理分析の緻密さと深さにおいて『源氏物語』にとうてい匹敵できないであろう。

西洋の近代小説の傑作を知っている私は、宣長のように、「いにしへ今ゆくさきにも、たぐふべきふみはあらじ」と断定することはできないが、少なくとも、『源氏物語』は世界においてもっとも古い近代小説であるばかりか、どんなすぐれたヨーロッパの近代小説にもじゅうぶん匹敵しうるということは、はっきり断定することができると思う。

宣長はこの『源氏物語』の本質を「物のあはれをしる」ということにあるとした。物のあわれをしるとはなにか。物とは、「ひろくいふときに、添ることば」であり、あわれをしるとは、「すべて何事にまれ、あゝはれと感ぜらるゝさまを名づけて、あはれといふ物にしていへるにて、かならずあゝはれと感ずべき事にあたりては、その感ずべきこゝろばへをわきまへしりて、感ずるを、あはれをしるとはいふ」のである。つまり、人生のさまざまな状況に応じて、それにふさわしい感動や情緒がある、それを知ることを「物のあはれをしる」というのであろう。

この物のあわれをしることには、当然、物のあわれをしらないことが対立する。物のあわれをしらない人とは、真に悲しむべきときに悲しまない人、たとえば、夫の帝が桐壺を失って悲しんでいるのに、月をおもしろしとながめ、おあそびをしている弘徽殿女御《こきでんのにょうご》のような人をいうのであろう。また、自分の感情をわざとオーバーに表現する人も、「物のあはれしりがほの過たる」ものとして非難される。

この物のあわれ説によって、宣長は、『源氏物語』あるいは物語一般が、道徳的価値とは別の価値によって判断さるべきことを主張する。つまり、『源氏物語』を勧善懲悪の物語であるとする源氏物語論にたいして、宣長は、『源氏物語』の価値はそういう道徳を説教することにあるのではなく、「物のあはれをしる」こと、つまり世態人心をありのままにえがき、それによって人間の行動や感情のありのままの姿を教えるところにあるというのである。

本居宣長のこの所論のなかには、多くのすぐれた識見がある。彼はここでいわば、美的価値が道徳的価値と別なものであることを主張している。この主張は、道徳的価値は意志にかかわるけれど、美的価値は感情にかかわるというカントの説に近い。宣長の説は、『判断力批判』におけるカントの説のように、文学あるいは芸術の世界の、道徳の世界からの独立性を主張したものとして高く評価されるべきであろう。

宣長のこの美的感情論は、同時に日本文化論でもあった。彼は日本文化と中国文化のちがいを、この美的価値と道徳的価値のちがいにみている。つまり、うわべは道徳的にみえていて、じつはことごとしいうそにみちている道徳的な中国文化より、人のありのままの心を重んじ、「物のあはれをしる」ことをもっとも大切なこととした情緒的な日本文化のほうが、正直でよいものであるというのである。

この芸術の道徳にたいする、あるいは感情の意志にたいする独立論とともに、美的感情を中心として日本文化をとらえる独自な日本文化論は、まことに興味深い宣長の卓説である。しかし、宣長が文学と宗教の相違を強調するあまり、『源氏物語』が仏教とまったく関係をもたないというとき、われわれは、この偉大なる学者の説にたいしても、少なからぬ疑いの眼を向ける必要がある。

宣長は、仏教を排斥するとき、ほとんどいつも儒教とならべる。『源氏物語』は、儒仏のように勧善懲悪の書ではないと彼はいう。たしかに、『源氏物語』は勧善懲悪の書ではない。しかし、勧善懲悪の書でないことが、仏教的でないことであろうか。儒教はあるいは勧善懲悪であるかもしれない。しかし、仏教はけっして勧善懲悪ではない。とすれば、宣長の考えるように『源氏物語』が勧善懲悪の物語ではないことが、けっしてこの物語が仏教的でないことにならないであろう。宣長は仏教をも勧善懲悪とみているが、彼は仏教をあまりに儒教的にみているのではないか。

もちろん、宣長はそのことにはうすうす気づいてはいる。そして彼は、仏教がけっきょくは、感情否定の立場に立ち、それが「物のあはれをしる」というような感情肯定論と逆の立場に立つものであることを主張するとともに、『源氏物語』を仏教的無常感の表現とみることにも、いくつかの理由をあげて反対している。

しかし仏教は、はたして彼のいうように、単なる感情あるいは欲望の否定論のうえに立つのであろうか。あるいは仏教は単なる無常感のうえに立つものであろうか。私はけっしてそうではないと思う。

紫式部の時代において、もっとも流行した仏教は、真言と天台であった。そして真言密教において、もっとも重要な経典とされる『理趣経』は、大胆にも、性欲は清浄であるという説を展開している。そして天台もまた、人間の煩悩と、それが生み出す苦悩の深さを教え、その煩悩の相を凝視することにより、その苦悩からの脱出をはかろうとする。『源氏物語』に書かれている世界は、人間の情欲の生み出すはげしい歓喜への賛美の歌とともに、その情欲の生み出す深い苦悩への嘆きの歌にみちているのではないか。

いったい、だれがこういうはげしい欲望の肯定と同時に、こういう深い苦悩の凝視を教えたか。私はそれを仏教、とくに真言、天台の仏教であると考えるが、宣長はそうは考えない。宣長は、人間の精神はいかなる哲学や思想の影響もなく、自然に深まるとでも考えているのであろうか。古代日本にすべてのよいものがあったと考える宣長が、こう考えるのも無理はない。しかしそれでは、ほかならぬ平安時代に、仏教の影響がようやく日本人の内面に深く及んだ平安時代に、このような文学が出現した理由は説明できない。高度な人生凝視の哲学をもつ仏教の影響なしに、日本人の人間をみる眼が深くなったとは私には思われないのである。

事実平安時代の文化は、真言、天台の圧倒的な影響下に立っている。そして紫式部自身が深く仏教信者であった。『源氏物語』に登場してくる人物で、宣長のいう「物のあはれをしる」のは、いずれも深く仏教に心をよせている人物であった。光源氏、紫上《むらさきのうえ》、柏木、薫、宇治八宮《うじのはちのみや》、浮舟など、作者がもっとも力を入れて同情的に書く人物はすべて仏教に心をよせている。そして逆に、仏教にあまり心をよせない弘徽殿女御や右大臣や頭《とうの》中将《ちゅうじょう》や夕霧や匂宮《におうみや》などは、悪役かあるいはあまり興味をもてない平凡な人物として描かれている。どのような栄耀栄華にあろうとも、どこかに世の空しさを感じないような人間に、紫式部はあまり好意をよせていない。そしてその世界の空しさをなによりも仏教は教えた。

私は、やはり宣長は、一方において、日本文化の純粋性を主張するのに急すぎて、すべて外国からきたものを、外来のもの、日本的ならざるものとして排するあまり、外来の思想が、どのように日本の文化に影響を与え、どのように日本文化を豊かにしたかということを正しくみる眼を失うとともに、一方において、彼は仏教についてあまりに無知であり、仏教をごく常識的に理解し、その常識にもとづいて仏教を批判したために、日本文化と仏教の深い内的つながりをみる眼を失ってしまったと思うのである。仏教を勧善懲悪や欲望否定や無常感でみて、それが『源氏物語』にないといって、『源氏物語』の仏教的影響を否定してしまうのは、まちがいである。しかも、それによって宣長の『源氏物語』をみる見方が浅薄になってしまったのである。

宣長は、物のあわれをしるということは恋にしかずといい、恋愛の賛美者なのである。しかし、宣長の賛美する恋愛と、『源氏物語』に現われる恋愛とは、趣がいささかちがっている。宣長は恋愛の、あるいは性欲の素朴な肯定論者である。しかし、『源氏物語』の恋愛はおどろくほど罪と悩みにかかりたてられている。

多くの恋には、どこか空しさがある。空しいことをよく知りながら、人は恋の深みにはまりこみ、耐えがたい歓喜と苦悩のうめきをもらす。どこかが傷つき、どこかが空しい。こういう恋にくらべれば、宣長の恋愛肯定論はなんという素朴で健康なことか。宣長は、傷とか懐疑とかにもっとも縁遠い魂であったようにみえる。こういう健康な魂には容易にみえない暗い闇へのうめきのようなものが、『源氏物語』にはある。そして暗い闇へのうめきのようなものこそ、仏教が教えたものなのである。

文学を宗教から区別することに急であった宣長は、それによって、『源氏物語』に与えた仏教の影響まで否定してしまった。そしてその否定によって、彼の『源氏物語』の読み方は浅薄なものになってしまった。彼の見地では、『源氏物語』に出てくるひとりひとりの人物の魂の闇の深さまでみることは、とうていできないであろう。

いまひとつの軸——六条御息所の怨霊

『源氏物語』あるいは日本文学一般をみる視点がもういちど再検討されなければならない。ここで私は、地獄の思想の伝統から日本文学をみようとするのである。『源氏物語』は、いかなる点で、地獄の思想の伝統に立つものであろうか。この問いに答えるために、私は三人の人間のスケッチを描いてみようと思う。三人とも、『源氏物語』において重要な役割を果す人間であるが、彼ら三人は、いずれも深い闇をおのれの内面にもった人であった。

光源氏は、もとより光の人である。美貌、才能、身分、地位、権力、彼はあらゆる価値に光り輝く人であった。『源氏物語』は、大日如来のように多くの男と女の真中にいて光り輝き、その光を多くの男や女に分かつ光の化身の物語である。しかし、この光の影にある何人かの人物がある。それは、深く光の影としての悲劇性を背負っている。光の化身とみえる源氏そのものも、よくみれば、不倫な恋に悩む人でもあった。『源氏物語』は二重性をもった物語のようにみえる。生の光の賛美と、その光の影にある闇の嘆き。私はここで、闇のなかにたたずむ三人の人間の簡単なスケッチを試みる。六条《ろくじょうの》御息所《みやすどころ》と柏木と浮舟。

六条御息所は賢明で貞淑な女性であった。若くして皇太子の正妻となった彼女は、やがて皇太子と死に別れ、一人娘をもつ寡婦となった。好色な光源氏はこの前皇太子の未亡人に熱心にいい寄る。そして、現帝の寵児である若く美しい源氏の熱烈な求愛の前に、この誇り高く操固い女性もついにおちた。

しかし、彼女が源氏に身を許したとき、源氏の情熱は急激にさめた。若い源氏にとって、この年上の賢明な女はあまりに気づまりであった。彼女は美しく気品高く、そして賢明である。しかし、こういう女性を前にして、源氏はどうも窮屈なのである。なにからなにまで、この完全な女性に監視されているように思う。彼女の前では冗談がいえず、悪ふざけができない。冗談をいい、悪ふざけをしたら、この女に見くだされるのではないかと、源氏には思われるのである。

こういう窮屈さが、彼を彼女から遠ざけた。彼は、浮気なままに多くの女をつくり、六条御息所をたずねる日も間遠になった。それが六条御息所には耐えられなかった。彼女は深く源氏を愛した。かつて皇太子を愛した以上に、彼女は若い源氏に夢中になった。しかし、源氏は彼女のもとに寄りつかない。かつて皇太子があれほど彼女を愛してくれたのに、今、皇太子以上に彼女が愛している源氏が、彼女を愛してくれないのだ。彼女の誇りがどうしてそれを許すことができようか。

しかし、彼女は自制心の強い女である。彼女は、その嫉妬をけんめいにおさえている。彼女のなかには、燃えるような熱い恋心がある。その恋心は行き場を失っている。抱かれたい男は、なかなか彼女をたずねてこない。しかも彼女のなかには、前皇太子夫人としての高い誇りがある。その誇りが、源氏と源氏の愛人たちによってふみにじられようとするのである。私をおいて、あんな女を源氏が愛する、それはありうべきことであろうか。しかし、彼女はあくまでも、つつましい女である。彼女は、そのみたされない恋情と傷ついた誇りを、じっとおのれのなかに保って、つつましい生活を送っていた。

そのときである。彼女の魂が、彼女の身体から離れて、彼女の怨みを晴らしにゆくのは。憎い、源氏が憎い。けれど、源氏は彼女の愛する人だ。そして男性としての源氏に彼女は深く魅せられている。それゆえ、彼女の怨みの霊は、源氏へ向わず、源氏の恋人たちに向うのだ。

四度、彼女の霊は犯罪を犯す。殺人二件、殺人未遂一件、姦通誘導一件、無意識のうちに彼女の身体を離れた霊魂は、彼女の怨みをみごとにはらしてくれるが、式部は、この復讐すら、それぞれ理由のないことではないとしている。

最初の犠牲者は夕顔。夕顔のように、はかないたおやかな女性である。この女を御息所の霊が最初の犠牲者として選んだのは、源氏が彼女のところへ通う途中に、夕顔の家を見つけ、夕顔のところへ通ったからである。おのれのところへ来る途中で、他の女のところに寄るということが許されようか。不意に襲った夕顔の死。二度目の犠牲者は、源氏の正妻、葵《あおい》であった。御息所は当然、自分は正妻になれると思っていたのに、源氏は今をときめく左大臣の娘である葵上を正妻にした。もとより、六条御息所の誇りがそれを許すことはできない。そのうえ、葵は妊娠。源氏の子を宿しているのだ。この嫉妬に火をつけたのが車争いであった。賀茂の祭の日、御息所の乗った車が葵上の車と出会い、葵上の車におしのけられて、さんざんはずかしめられる。この侮辱によって、御息所の怨みの霊は、抑制の軛《くびき》をたち切る。葵の死。

つぎに霊がねらったのは、源氏ののちの正妻ともいうべき紫上である。すでに六条御息所は死んでいるが、生霊として二人の女をとり殺した女の霊は、死んでもなお、源氏の愛人にとりつくのである。源氏はついうっかりと、紫上に過去の女の話をし、当然、六条御息所のうわさも出たが、それが御息所の霊には耐えられなかった。紫上と仲むつまじく語りながら、自分の悪口をいう、それが許されようか。御息所の霊は紫上を殺そうとするが、紫上は源氏の愛情の深さゆえに一命をとりとめる。さらにこの霊は、女三宮《おんなさんのみや》にとりついて、女三宮をして柏木とあやまちをおかさしめて、尼にさせる。

すさまじい霊の執念である。源氏はもちろん、ひとりの賢明で愛情の深い女をして、このような状態にたち入らせたのが、自分自身であることを知っている。それゆえ、彼は、彼女の娘の斎宮《さいぐう》をおのれの養女として引きとり、おのれの実子である冷泉《れいぜい》帝の中宮《ちゅうぐう》にした。この源氏の情けを霊もありがたいとは思っているが、女の嫉妬をどうにもすることができない。この死んだ母の霊の悪いうわさを聞いて、娘の中宮は、出家して、母の焼かれている地獄の業火の火を少しでもさまそうとする。「身づからだに、かの焔をも、さまし侍りにしがな」と中宮はいう。

まことに六条御息所は、地獄の業火に焼かれる人であった。生きているときに、すでに彼女は嫉妬の鬼だった。そして死んでも、彼女の霊は救われず、まだ嫉妬の焔に焼かれ続けているのである。

この女を、われわれはどう考えたらよいのか。われわれは、この話を、昔の日本人がもっていた魂信仰のひとつとして、ただ民俗学的現象として、かたづけてよいのであろうか。私はそのような民俗学的な説明だけで、六条御息所の話は説明つかないと思う。六条御息所の霊は、今日もなお、われわれの心のなかにいるのである。彼女は、まことに賢明で、まことにしとやかな女であった。実生活において、彼女は貞淑で清潔な生活を送った。しかし、彼女が実生活において貞淑で清潔な生活を送れば送るほど、彼女の内なる魂は、ある瞬間に、彼女の理性的意志の抑制を離れて、狂暴な嫉妬の惨劇を演じるのだ。

人間の心のなかには、はてしない闇の心が隠れていはしないか。人間は、おのれのなかにある闇の衝動を、ふだんは理性で抑えている。しかし、われわれが闇の衝動を理性で抑えることに成功すれば成功するほど、闇の衝動はかえってわが心のなかに深くつもり、いつかわれわれを離れて、狂気の沙汰を演ずるのではないか。

紫式部は、この六条御息所という女にたいして、なんら悪い批判をしていない。すべての女の、あるいはすべての人間の魂の底に六条御息所がいると、彼女はいおうとしているかのようである。お前の魂が、ある夜ふけに、お前の身体をぬけ出して、お前のライバルの首をしめにゆくという幻想を、お前はいだいたことはないか。

紫式部は人間の内面に巣くう地獄の深さの洞察者であった。

恋の修羅——柏木を責める心の鬼

柏木もまた誇り高い青年であった。彼は源氏の友である致仕大臣《ちじのおとど》の長男であり、葵上の甥にあたる。いわば、王族である源氏に対して、藤原氏の正系の嫡男、容姿も美しく、才能も豊かであった。子供のときから、心にかなわぬものはなにひとつなく、なんでも人にまさろうとする意志が強かった。誇り高く、人にまさらずにはいられない心は、同時に傷つきやすい心である。なぜなら、一つ二つの心にかなわぬことが彼の誇りをひどく傷つけ、彼を深い絶望にかりたてるからである。

朱雀院がもっとも愛していた娘、女三宮は、当時の青年貴族のあこがれの的であった。なぜなら、院の愛娘《まなむすめ》をめとることは、最大の名誉であるとともに、権力につながる道であったから。柏木が女三宮を望んだのは当然である。彼は、まだみぬこの女三宮をひそかに恋する男であった。まして朱雀も、女三宮にたいする柏木の求愛を、無礼であると思われる様子もないとしたら。柏木は来るべきものを待ったのである。

しかし、意外にも、女三宮は源氏に降嫁した。多くの妻妾もあり、親子ほど年のちがう源氏に朱雀が女三宮を託したのは、朱雀のあまりなる子煩悩ゆえであった。あまりにあどけない女三宮の将来に不安をいだいた朱雀は、もっとも頼りになる人物である源氏を女三宮の婿に選んだのである。源氏はなかば迷惑そうでもあったが、好色な源氏が若いやんごとない女を得ることを喜ばないはずはなかった。

けれど、このことは、柏木にとって大きなショックであった。若い独身の私をさしおいて、年とった源氏を選ぶとは。柏木の誇りは傷つき、若くしてすでに彼は、のちの世を慕う絶望者となった。

柏木が偶然に女三宮の姿をひと目みたのは、このような絶望の心においてであった。彼は源氏の六条邸での蹴鞠《けまり》の会に行き、そこで源氏の子夕霧とともに、思いがけなくあこがれの人の姿をみる。猫が御簾《みす》から出てきて、その綱が御簾に引っかかり、なかがまるみえになり、そこにまちがいなく思う人がいた。

恋する男にとっては、ひと目の印象だけで、彼の恋をもえたたせるのにじゅうぶんなのである。夕霧は、男に姿を容易にみせる女三宮の幼さ、たよりのなさをすでにみやぶっていたが、恋する柏木には、女の欠点がわかるはずはない。彼は女を理想化した。すばらしいやんごとない女性、その女性さえかち得たら、自分はどんなに幸福であろう。そしてこの恋する男は、ひそかに女三宮を不幸の人物に仕立てる。朱雀院があんなにかわいがった娘であるのに、源氏はさっぱりかわいがらない。かわいそうに、女三宮は、紫上に圧せられて、さびしい思いをしているのではないか。女を理想化し、女を不幸のヒロインにして、柏木の恋にもえた心は、女を不幸から救うヒーローとしてのおのれを幻想する。私は彼女のためにしてやることがあるのではないか。

もはや、柏木は恋に憑かれた男であった。彼には、恋以外のいっさいのことが空しくなってしまう。すべての事に眼をとじて、彼は、女三宮をえようとする夢想のみに熱中するのである。彼は、女三宮の乳母の娘である小侍従に、女三宮への手引きをたのむ。

すでに柏木は絶望者であった。そして絶望者もまた恋をするが、その恋の特徴は、用心というものがまったく欠けているということである。柏木は、もはや恋にもえる一むらの炎であった。彼は恋にもえることによってしか、自己であることに耐えられないかのようであった。そこには、世智や警戒のかけらさえなかった。

柏木と源氏がちがうのは、この点においてである。源氏も多くの恋をした。彼もまた、我を忘れる恋の欲望や苦悩の体験者であり、賛美者であった。しかし源氏は、やはりどこかで理性を失わなかった。強烈な生存への意志が、源氏をいつも破滅から救っていた。彼は、用心深さを忘れることはほとんどなかった。しかるに柏木はちがう。彼は、もえついたら火のようにもえ、すべてを、道徳も利害も危険も、すっかり忘れてしまうからだ。

柏木は、小侍従の手引きで女三宮と会う。しかし、この女とのひと夜のなんとはかなかったことか。女三宮はただろうたげであった。かわいく、やさしく、ただ男の思いがけない情熱に、うちふるえるだけであった。しかし柏木の方はひと夜会って、もう恋に魂をうばわれた男になった。彼は、日夜じっともの思う。女三宮のことのみが、あの夢のようなひと夜の記憶のみが、うつろな心に狂わしげにかけめぐる。

後にも柏木は思いあまったときに、女三宮と夢のような逢瀬をかさねたが、心の鬼が柏木をせめはじめる。お前は悪いことをしていはしないか、源氏にみつかったら、どうするのか。私は、紫式部のいう心の鬼とともに、柏木を襲ったのは、深い絶望ではないかと思う。命をかけて得ようとした恋人は、いったいなんであったか。あれほど深く恋した恋人の裸の姿、それはただろうたげで、あまりに幼いひとりの女ではないか。しかし、この恋人に対する絶望は深く心の底にかくれている。ひとたびおそった恋の炎は、恋人に対する絶望によっても、容易に消えないものである。たいていの場合は、はげしい恋の炎がひそかに絶望の心をかくしている。

柏木の危懼《きく》が現実となった。源氏は、女三宮のもとにあった柏木の手紙を発見する。女三宮のおどろくべき不用心が原因なのである。源氏はそれを読み、柏木を許すことができないと考える。柏木のおかした行為が許せないというのではない。あやまちなればそれでよい。しかし、それはあやまちなどというものではない。女三宮が、自分の大切にしている愛妃であることを、柏木はよく知っているはずである。それをよく知っていながら、どうしたわけか。源氏はそこに柏木の傲慢な心をみた。それは源氏に対する挑戦ではないか。

やがて復讐のときがくる。朱雀院の五十の賀のために、源氏はいやがる柏木を無理に呼び出す。おどおどしている柏木に源氏は愛想よくものをいうが、酒の宴で、源氏は柏木に決定的な言葉を投げかける。

「すぐる齢《よはひ》にそへては、酔ひ泣きこそ、とゞめ難きわざなりけれ。衛門督《えもんのかみ》、心とゞめてほゝ笑まるゝ、いと、心恥づかしや。さりとも、今しばしならむ。さかさまに行かぬ年月よ。老いは、えのがれぬわざなり」(「若菜　下」)

酔い泣きしている老人の私を、お前は笑っている。しかし、お前の若さも今しばし、やがてお前も私のように年をとるのだという意味である。一見この言葉は、源氏が自己に向って発した無常の嘆きのようにみえる。若き日、自分に藤壺をおかされた父桐壺帝の運命が、今ふたたび女三宮を柏木におかされた自分に帰ってくるのを嘆いた言葉でもある。その言葉にある無常のひびきに注意するがよい。しかし、この無常のひびきをもった言葉が、なんときびしい断罪のひびきをもつことであろうか。お前はおれを笑っている。おれの女をおかして、お前の若さがおれのもうろくを笑っている。しかし、おれは知っている。おれはお前を許そうとは思わない。言外にひびいてくるそのきびしい断罪の言葉に、柏木の心はみごとにさしつらぬかれるのである。

柏木はこの言葉を聞くやいなや、心も乱れに乱れて、早々に源氏の宅を退出し、そのまま病気の床についてしまった。もはや柏木には、生きる力がまったく失われてしまった。絶望者のみた一瞬の恋の幻想、それがみごとにくずれたのである。そして残ったのは、彼がもっとも尊敬していた源氏の非難の眼。その強い非難の眼を受けると、もはや柏木には一日だって生きていけない気がするのだ。彼にとって人生は、けっきょく失敗であった。彼は、女三宮のせめてものあわれみと、源氏の罪の許しを願って、自発的な自然死をとげるのである。

この柏木を、本居宣長もあわれ深いものとしている。「此物語こゝらの恋の中にも、此右衛門督の心は、殊にあはれなる」という。柏木のどういう点があわれなのか。宣長はあまり柏木の性格にたち入って分析していない。しかし、式部は、柏木を「心の鬼」に責められるという。心の鬼というのは、私がさきにいった心の思想と地獄の思想の結合であり、仏教のもたらしたものではないか。『源氏物語』は、宣長のように、「物のあはれ」だけで解釈できる物語ではないのである。

二人の恋人の間で――浮舟像に秘めた挑戦

『源氏物語』は題名だけみると、光源氏の一生の物語のようである。しかし、光源氏を中心とする物語は五十四巻のうち四十一巻で、あとの十三巻は源氏が死んだのちの物語である。なぜに紫式部は、源氏が死んだのちの物語を書く必要があったか。いろいろな答えが可能であろう。それは、式部が浮舟という女を書きたかったゆえではないかと私は思う。

物語は、源氏の死後である。「光、かくれ給ひにし後」である。源氏のあとには、源氏に比類するような人物は、二度と現われなかった。この時代を代表するのは、薫と匂宮である。薫は例の柏木と女三宮のあいだにできた子であるが、源氏の子として育てられ、その美貌と才能により、多くの人に愛される。しかし、彼はおのれの生まれの秘密に気づき、早くから、希望を現世よりむしろ別の世界にかける人間であった。いわば、彼は精神の人、菩提の人であった。それにたいして、現帝と明石女御《あかしのにょうご》のあいだの三男である匂宮は、まったき欲望の人であった。彼は、薫とくらべてひけをとらない美貌と才能をもってはいたが、またきわめて官能に正直な生活をしていた。できるだけ多くの美しい女を征服すること、それがいわば匂宮の生きがいのようであった。精神性にたいして肉体性が、菩提にたいして煩悩が、彼の生の原理のようであった。

ここで二つの原理が分裂していることに注意する必要がある。源氏はいわば最高の精神性と同時に、最高の肉体性を所有していた。煩悩の深さとともに、菩提の深さを彼はもっていた。しかし、ここで原理は明らかに分裂する。光にたいして匂いの時代が始っているのである。しかも、薫の匂いはもって生まれたものであるが、それに対抗するために、匂宮がおのれの身にたきしめているのは、人工的な匂いであることに注意する必要がある。内的な精神性と外的な肉体性の対立。

浮舟の悲劇は、この二つの原理をあらわしている二人のそれぞれすばらしい魅力を秘めた男性に愛された女の悲劇である。浮舟の悲劇には、大君《おおいぎみ》の悲劇が先行する。

そのころ、宇治八宮といって、世にかずまえられぬ宮がいた。不遇な八宮は、深く思いを仏道にかけていた。薫は、この俗聖の宮のなかに、かえって職業的な僧侶より純粋なものをみて、たびたび宇治へ通って、八宮と仏道の話をした。薫もまた、仏道にあこがれ、宇治八宮のような生活を理想の生活と心得ていた。しかし、この世の絆《ほだし》を離れる話をしにゆくはずの宇治で、薫はこの世の絆になるべきはずのものをみた。宇治八宮の二人の美しい娘である。長女大君の大らかで清らかな美しさと、二女中君《なかのきみ》の若やいだ生き生きとした美しさ。やがて八宮は二人の娘の将来を薫に託して死ぬ。薫の心は大君に向うが、大君はおのれを世捨人のように思い、中君を薫に妻《めあ》わせようとする。薫はそれに困って、中君を匂宮に妻わせ、大君の心のなびくのを待つ。しかし、大君の心はかたく、ついに彼女は処女のまま死んでゆく。

　薫のなげきははげしい。そのとき、薫の前に大君や中君の母ちがいの姉妹である浮舟が姿をあらわす。浮舟は大君にそっくりである。なよなよと美しく、大君より少しおぼっこい感じである。ひたすら大君のことを思い続けた薫の心が、浮舟に向うのも無理はない。しかし、浮舟はまた、中君のところで匂宮に発見される。匂宮は、美しい女がいるのをみて、いきなり抱きすくめる。いわば薫にとって、浮舟は恋愛の対象であった大君の面影をもつ人であり、そして同時に、新しい恋愛の対象でもあった。ここで浮舟は一個の精神的な人間であった。しかし、匂宮にとって、浮舟は肉欲の対象であった。彼にとってよい女とは、よりよく肉欲を満足させることのできる女にほかならなかった。浮舟はその意味でよい女であった。ここで浮舟は、女という性をもつ、とりわけよい性をもつ人間にほかならなかった。

　女はいったいどちらを喜ぶのだろう。精神的人格として扱われることを選ぶか、それとも肉体的な性として扱われることを選ぶのか。薫を選ぶか、匂宮を選ぶか。薫は、消極的にみえる彼の性格としては、まったく思い切って宇治の宮の御殿を修理して、そこに浮舟をうつす。大君の思い出の残っている場所に浮舟をうつして、見果てぬ夢をみようとするわけである。しかし、それをいつしか匂宮はかぎつける。そしてある夜、薫に偽装して宇治にしのびこみ、浮舟をものにしてしまう。かつて、抱きしめながら、おしいところで逃げられた女の体を、今しも彼は自由にしたのである。匂宮は、大胆にも薫にばけて、宇治にいつづけするのである。紫式部は、匂宮がどのように浮舟の肉体に夢中になったかを、ひそかに示そうとしているのである。

女の心は不思議なものである。浮舟は一方では、薫の深い思いやりに心から感謝している。そして、薫の上品で優雅なる身のこなしと、美しい姿を深く愛している。しかし一方では、匂宮の魅力が忘れられないのだ。はじめて抱きしめられた男、はじめて彼女の女に男として迫ってきた男、その男の魅力を浮舟は忘れられないのである。静かな深みのある薫の魅力も捨てがたいが、匂宮のはげしい情熱はどうだろう。

浮舟は、二人の男とかわるがわる会う女になる。匂宮はまことに積極的である。浮舟をつれ出しては派手な遊びにふける。浮気な匂宮も、この浮舟にすっかりうちこんで、どうあっても自分のものとして独占しようとする。

やがて、匂宮とのことが薫に知れる。薫は、みかけによらぬ浮舟の浮気さをいぶかしむが、やはり浮舟が捨てがたい。もし彼が捨てたなら、浮舟は匂宮のものとなる。それが耐えられようか。あの好色漢の犠牲になることは、女にとってもかわいそうである。そう思って薫は、浮舟の警戒を厳重にし、早く浮舟をおのれの屋敷に引きとろうとする。一方、匂宮も、この状態を聞きとり、家をみつけて、そこへ浮舟を奪いとろうとする。薫が浮舟を京都へ引きとる日が近づく。それとともに、匂宮が浮舟を奪いとる日も近づく。

浮舟はどちらかの男を選ばねばならぬ。どちらかの男を選びとることができたら、まだしも彼女は救われたのだ。しかし、どちらの男も選びとることができなかった。なぜなら、匂宮の浮舟奪取の計画に従うには、彼女はあまりに薫を愛しすぎていたからである。やさしい薫の前に、おそろしいことをしでかすには、彼女はあまりに深い精神性の持主であった。しかし、彼女が薫を選び、匂宮をあきらめるには、彼女はあまりにも匂宮に引かれすぎていた。匂宮の愛は彼女の肉体への愛である。それははげしくもえ、すぐにさめるかもしれない。しかし、その男の強烈な魅力をもあきらめきれない。薫にすなおに従うには、彼女は女体というあまりにもろい肉体の所有者なのであった。

日は迫っている。彼女はどうしても決断がつかない。ついに決断をつける。それはどちらかを選ぶ決断でなく、彼女の身を捨てる決断である。宇治川の流れは早い。飛び込めば、ひとたまりもない。彼女はある夜ひそかに家を出て、宇治川に身を投げようとする。

浮舟が突然いなくなった。家のものは大さわぎである。宇治川へ身投げしたにちがいない。みなそう思って、泣きながら死骸のない葬式をすます。それをきいた匂宮は、悲しみのあまり病気になるが、薫は一見、冷静な様子のうちに深い悲しみの心をかくして、浮舟の死後に残った人のことをいろいろと世話をやく。

しかし、浮舟は死んでいなかった。彼女は横川《よかわ》の僧都《そうず》に助けられていたのだ。高徳の僧として有名な横川の「なにがしの僧都」は、母尼と妹尼をともなって、宇治川のほとりに立ちよる。そのとき、彼らはひとつの変化のものをみる。

「近く寄りて、その様を見れば、髪は、長く、艶〳〵として、大きなる木の根の、いと、荒〳〵しきに、寄り居て、いみじう泣く」人であった。まさに死なんとする人であった。死なんとする人をつれてくるとは、病気の老尼にとって縁起でもないという意見にたいして、僧都はすばらしい言葉を語る。

「まことの、人のかたちなり。その命、絶えぬを、見る〳〵、捨てん事は、いみじき事なり。池に泳ぐ魚《いを》、山に鳴く鹿をだに、人に捕へられて、死なむとするを見て、助けざらむは、いと、悲しかるべし。人の命、久しかるまじき物なれど、残りの命、一二日をも惜しまずは、あるべからず。鬼にも、神にも領ぜられ、人に、おはれ、人に、はかりごたれても、これ、横ざまの死にを、すべき者にこそあめれ。仏の、かならず、救ひ給ふべき際なり。なほ、心みに、暫し、湯を飲ませなどして、助け、心みむ。遂に死なば、いふ限りにあらず」（「手習」）

浮舟は、まさに鬼にも神にも憑かれ、人に捨てられ、人にはかりごたれた、行くところのない人間であり、横ざまな死をとげるしか生きる道のない人間であった。そういう人間こそ、仏が救いとるのだ。まさに大乗仏教の核心なのである。鬼や神に、しようのない煩悩にとりつかれ、生きる道を失い、自己の命をたたねばならないような人間、そういうしようがない人間こそ、仏の救う人間なのだ。それは大乗仏教の核心であるとともに、紫式部の確信でもあったかにみえる。

横川の僧都は、源信がモデルだといわれる。たしかにこの言葉は、源信でなければいえないほど立派な言葉である。しかし、読みゆくうちに、必ずしも僧都が完全無欠の人間でないどころか、僧都もまた、きわめてふつうの欲望をもった人間ではないかという印象の強くなってゆくのを、どうすることもできない。世俗の価値に恬淡《てんたん》としているかにみえる僧都が、女一宮の病気の祈禱に喜んでゆき、薫の来訪にひどく恐縮し、浮舟の魅力にたいしても、若干心が動いているかにみえる。もしこの僧都が源信であるとすれば、僧都の母は有名な仏心の厚い母であるはずであるが、この物語では、ひどくもうろくし、大きなイビキで浮舟を悩ますだけの尼である。そしてその妹尼は、これもさまざまな逸話をもつ安《あん》養尼《にように》ということになるが、この尼も仏心厚いどころか、なくなった娘のことばかり思い、この娘の再来として、浮舟をべたべたかわいがっているきわめてふつうの女である。

これらに対し、浮舟はもっとも宗教的であるかにみえる。彼女は、いっさいの誘惑をしりぞけ、横川の僧都にたのんで、ついに尼となる。そして、過去のいっさいを彼女は語ろうとしない。あの愛欲の世界から離れて、清浄な世界に生きることを、彼女は固く決心したのだ。彼女は、ときどき母や薫のことを思う。もはや彼女は、匂宮のことは思い出さない。思っても彼はいやである。しかし、薫のあのやさしい心は忘れられない。そういう心の彼女に、うわさを聞いた薫は弟の小君《こぎみ》を使いによこす。しかし、彼女はおのれの心を石にするのである。なつかしい弟の小君にたいしても、ひとことも語らず、見知らぬ人として薫の手紙をつき返すのである。煩悩の断念のみごとさ。あやしいまでの浮舟の非情さ、あんなに男の意志に従順だった女のみごとな非情さである。ついに彼女は煩悩をたち切ったのである。

私は考える。宇治十帖で、式部は、当時最大のインテリである源信に挑戦したのではないか。源信の教説と生活の矛盾を、彼女は鋭敏にかぎとって、それにたいして批判の矢を放っているのではないか。神にとられ、鬼にとられ、非業の死をとげねばならぬ人間が、もっとも仏に救いとられる人間である。そういう人間は、源信のような高僧ではなく、浮舟のような罪の女、愚かな女であると、式部は叫んでいるような気がする。

私はまた考える。どこかで、この浮舟の断念は式部の断念であったのではないか。そしてその断念から、『源氏物語』という偉大な物語が書かれているのではないか。紫式部は人間のどうにもならない姿を凝視する人間であった。そういう煩悩にみちた人間こそ、仏が救う。仏が救わなかったら私が救おう。『源氏物語』を書く式部自身が救う人でもあり、救われる人でもあったような気がする。そうでなくては、こういうすばらしい物語は書けない。宣長のように、あわれ、あわれといっているだけでは、とてもこの物語の深さはわかりはしないのである。

第七章　阿修羅の世界（平家物語）

建礼門院の六道懺悔物語

『平家物語』は十二巻から成っているが、それ以外に「平家灌頂巻《かんじょうのまき》」というのがある。灌頂というのは、菩薩が最後に仏の位に入るときの修行をいうのであるが、いったい十二巻以外に、灌頂の巻なるものが独立させられ、一巻を構成しているのは、どういうわけであろうか。

この灌頂の巻は、建礼門院の一生の物語である。清盛の娘であり、高倉天皇の皇后であり、安徳天皇の母であった彼女は、平家滅亡後、出家し、大原の寂光院に身をかくすが、その隠れ家を後白河法皇が訪れる。それが有名な大原御幸《おおはらごこう》であるが、突然の御幸におどろきつつも、女院は、涙ながらに自己の一生を回顧する。それが「六道之沙汰」と題される章であるが、この女院の一生の回顧が、この灌頂の巻の中心をなすのであろう。

女院は、自分は現世において六道の世界をみたという。

かつて、彼女にとって、世界はすべて楽しみにみちているかのようであった。権力者、清盛の娘であり、天皇の母であった彼女に、すべての人は従いたてまつり、すべてが彼女の思いのままであった。春夏秋冬、あけてもくれても遊興の連続、「天上の果報も是には過《すぎ》じ」と思われる生活であった（天）。

　ところが、寿永二年の秋のはじめ、木曾義仲に追われて平家は都落ち、女院は一門の人びとともに西海を漂う。天上の楽しみは去り、五衰の悲しみが女院を襲う。「人間の事は愛別離苦、怨憎会苦《をんぞうゑく》、共に我身にしられて侍らふ。四苦八苦一《ひとつ》として残る所さぶらはず」（人間）。九州へ逃げた平家が九州からも追い出され、船のなかで人びとは飢餓に苦しめられる。「是又《これまた》餓鬼道の苦とこそおぼえさぶらひしか」（餓鬼）。かくて室山《むろやま》、水島の戦いに勝って、多少、前途の希望もみえてきたのに、一の谷の敗戦で一門の人、多くほろびたのちは、明けてもくれても戦いばかり、「修羅の闘諍《たうじやう》、帝釈《たいしやく》の諍《あらそひ》も、かくやとこそおぼえさぶらひしか」（修羅）。

　壇ノ浦の戦いで、いくさの前途もみえたので、母二位《にい》の尼《あま》は、「尼ぜわれをばいづちへ具してゆかむとするぞ」という帝を、「極楽浄土とてめでたき所へ具しまいらせ侍らふぞ」と説いて、帝をいだいて海へ沈んだ。「叫喚大叫喚のほのおの底の罪人も、これには過《すぎ》じとこそおぼえさぶらひしか」（地獄）。やがて、武士にとらえられてのち、明石の浦で夢に、昔の内裏にはるかにまさったところに、先帝はじめ、一門の人がいならぶのをみた。どこだとたずねたら、竜宮城、と二位の尼らしいものは答えた（畜生）。

　このように、女院は涙ながらに自己の一生を六道になぞらえて語る。それを聞いて法皇は、「異国の玄弉三蔵は、悟《さとり》の前に六道を見、吾朝《わがてう》の日蔵上人《にちざうしやうにん》は、蔵王《ざわう》権現の御力にて六道を見たりとこそうけ給はれ」というが、これほどまのあたりに六道の世界をみることは珍しいといって涙にむせばれたという。

『平家物語』の作者がいうように、建礼門院の一生はまことに数奇な一生であったが、この六道の話のなかで、畜生道の話だけは、妙にリアリティが欠けている。夢のなかで竜宮城を見たというのでは、畜生道らしくもないのである。国文学者の大野順一氏が指摘するように、一本にある、平家滅亡後、女院が荒々しい源氏の男たちに身をもてあそばれたというほうが、はるかにリアリティがある。じっさい女院の畜生道の体験は、そういう体験だったにちがいない。天皇の后妃が臣下に犯されるというのは、おそれ多いので、その話を少しぼかしたのであろうが、女院の一生のなかにみた畜生道とは、平家滅亡後、残された美しい女たちをめぐって、荒々しい関東武士のみせたあさましい情欲の姿であったにちがいない。その場合、女たち自身すら、一個の畜生に化しているおのれ自身に、もっとやり切れないものを感じたにちがいない。『平家物語』では、はっきり書かれていないが、戦後、女たちが世のなかから身をかくし、人眼をさけているのも、かかるあさましい噂が世人の口にのぼっていたからではなかろうか。

天、人間、餓鬼、阿修羅、地獄、畜生、すべての世界を女院はみた人であった。天台の十界互具《ごぐ》の思想は、まさに人間の世界のさなかに六道があることを教える。しかし、多くの人は、そういうことは実生活においては体験しない。しかし、女院は、まさに実生活において、六道そのものを体験した人であった。そこに、女院の人生の特殊性がある。とともに、『平家物語』の作家が、女院の一生を「平家灌頂巻」として、別に一巻独立させたゆえんがある。

「日本古典文学大系」の解説によれば、灌頂の巻、とくにその眼目とみられる「六道之沙汰」における女院の六道懺悔《ろくどうさんげ》物語は、「裏書」として、「表書」でもある『平家物語』全篇の縮図であるという。

この見解は大へん興味深い。もし、「六道之沙汰」が『平家物語』全篇の縮図であるとすれば、『平家物語』そのものが、「六道之沙汰」に展開された女院の六道懺悔物語と同じく、六道物語になるのではないか。六道の中心は明らかに地獄である。ちいさい手をあわせ、東をおがみ、西にむかって念仏をして、海へ沈みたまう安徳帝の印象は、「六道之沙汰」において、もっとも強烈な印象をあたえる。『平家物語』そのものが、六道物語、地獄物語ということになるのではないか。

『徒然草』によれば、この『平家物語』は信濃前司行長《しなののぜんじゆきなが》の作だという。彼は世をはかなみ出家したが、天台座主《ざす》の慈鎮和尚によって扶養される。この行長入道が、『平家物語』を作って生仏《しょうぶつ》という盲人に教え、語らせたという。ここで行長が天台僧であったことは、たいへん重要である。彼は天台の十界観の立場でこの物語を書いたのである。もちろん、ここでも、源信のように、観は六界、六道までで、それ以上の世界の観は切り捨てられている。この六道の世界の苦しみをつぶさに知り、それから離れ、もっぱら念仏につとめることにより、極楽往生を願おうとするわけである。源信の、天台的浄土主義の立場である。

しかしここでは、『源氏物語』の世界と地獄の性質が違うのである。『源氏物語』においては、まだ生命は、光源氏の生命のように、輝かしい光を放っていた。地獄はあるにはあったが、それはたまたま罪深い男や女が落ちる地獄にほかならなかった。六条御息所や柏木や浮舟のような業の深い人間が、そのもてる煩悩や罪悪ゆえに、落ちこんでゆく地獄にすぎなかった。しかし『平家物語』ではちがう。そこでは、もはや世界そのものが地獄と化してゆく。世界そのものが地獄と化してゆくのは、末法の必然であり、もはやどうすることもできない歴史の運命なのである。この運命にまきこまれることを、いかなる人間もまぬがれることができない。もはや、罪や煩悩ゆえにこの地獄のなかにまきこまれるのではない。罪なくして、深い歴史的な業ゆえに、人は地獄のなかにまきこまれてゆくのである。

ここで、地獄はすでに個人の内面の事件ではなく、社会的事件となっている。ここに、『源氏物語』と『平家物語』のちがいがある。『源氏物語』においては、生はまだ、その光輝く光を放っていた。そこにおいても闇はあったが、それは光の影である。しかし『平家物語』においては、光はない。一面闇の時代であった。そして、人間は、この闇のなかをうごめくあわれな動物にすぎない。『平家物語』の作者は、このような闇のなかに、地獄のなかに、うごめく人間どものじつに冷静で正確な観察者であった。

迫りくる地獄――清盛と重盛

仏教において、人間の苦悩は、欲望が原因であった。人間がだれでももっている煩悩、それが、苦の原因であった。世界をつつんだ大地獄の原因はなんであったか。僧である作者は、それは、清盛の人なみはずれた煩悩が、我執が、原因だったというのである。

「祇園精舎《ぎをんしやうじや》の鐘の声、諸行無常の響あり。娑羅双樹《しやらさうじゆ》の花の色、盛者必衰のことはりをあらはす。おごれる人も久しからず、唯春の夜の夢のごとし。たけき者も遂にはほろびぬ、偏《ひとへ》に風の前の塵に同じ。〔……〕まぢかくは、六波羅の入道前《さきの》太政大臣平朝臣清盛公と申しし人のありさま、伝《つたへ》うけ給《たまは》るこそ心も詞も及ばれね」

『平家物語』の初めにあるこの言葉は、昔から無常感をあらわす言葉とされてきた。しかし、それは冒頭の一句にだまされた解釈である。この言葉を無常感をあらわす言葉と読んで、『平家物語』全体を無常感で解釈し、日本の仏教は所詮、無常感であったなどということを、大まじめに論じる人がある。それは、その人の頭が、仏教のなかに無常感しかみられないほど単純であったことを物語るにすぎない。この一句は、『平家物語』全体と同じく、単なる無常感をあらわす言葉ではない。文章全体の強調点が、平清盛という「心も詞も及ば」ない人間の業にかかっている。まことに、おごれるたけき人間があった。彼でもほろんだのではないか。清盛のなかに、作者は人間そのものをみた。おどろくべき我執のはげしい人間、その人間の我執によって、大いなる苦悩が、大いなる地獄が、到来したのだ。この人をみよ。

清盛の父、忠盛は、やっとのことで五位の殿上人になった成りあがり者にすぎない。しかしその子清盛は、保元、平治の乱を通じて異常な出世をとげ、太政大臣にまでなったばかりか、一門ともに栄達をとげ、平家にあらざれば人にあらずとまでいわれた。

この清盛にさまざまな悪徳がおとずれる。なによりも増上慢。彼にはもはや、他人の心への思いやりがなくなっている。祇王祇女《ぎおうぎにょ》の話は、こうした清盛の慈悲の心をまったく失った心を示そうとしているのであろう。都に祇王祇女という白拍子《しらびょうし》の姉妹があった。姉の祇王を清盛は愛したので、祇王祇女は世の白拍子たちのあこがれの的になった。かくて三年、また白拍子の名人が出た。名を仏《ほとけ》といった。祇王のとりなしで、清盛の前で舞いをまう。それをみて入道は仏に心をうつして、祇王をおいだしたばかりか、のちに仏をなぐさめるためとて、祇王をよびだして、歌を歌わせる。ここに、栄達の頂上にのぼったために、人間の心がまったくわからなくなってしまった男がいる。

清盛は、すさまじい現世的意志をもった男であった。多くの不思議なことが、彼によって現実のこととなった。彼の意志は、すべての幸運を自己の周囲にまねいた。世界の中心にどっかり存在し、世界のすべての現象を思いのままにあやつる意志、その意志は、他の意志、当然の権威をもって世界の中心にいるべき他の意志と衝突した。『平家物語』では、後白河院は、清盛や義経などの存在にかくれてはいるが、作者は、じつは世界の中心にいて、多くの人たちの運命をあやつっている陰謀好きな法皇の存在を見落としてはいない。清盛の意志は、この法皇の意志と正面から衝突する。

清盛の嫡男、重盛は、栄耀栄華にふける平家一門のなかにあって、ただひとり憂うる人であった。彼はなによりも、現在の栄耀栄華が不安であった。前代未聞の栄華、そしてそれにともなう平家の傲慢、やがて罰せらるべき日がくるのではないか。平家によって官位をうばわれ、栄達の望みを失った多くの人の怨嗟《えんさ》の声を、彼はたしかに聞いた。やがてあのあちこちで聞えるつぶやくような怨嗟の声が、徐々に大きくなり、平家滅亡を告げる大きな声になる日がくるにちがいない。光のさなかに、すでに闇は到来しつつあるかにみえる。重盛は、その闇の到来、しかも間近き到来を、だれよりもはっきりおのれの眼でみていた。

ひとりの人間のなかにおいて、しばしば二つの心が住むことがある。強烈な我執をもつすさまじい実行的な人間、彼は我執のままに生き、多くの罪を犯す。しかし、たいていの人は、そういう心だけでは生きられない。どこかに罪の痛みがある。おのれの犯した罪をあがなおうとする心がどこかにある。彼は意識的に善行を行ない、その善行によって、ことさらに罪をあがなおうとする。彼が一方において、悪を犯せば犯すほど、彼の善行はますます意図的になり、彼はできるだけ多くの善行をつくりだし、それによって犯した罪をひとつでも消そうとする。

もしも清盛が、煩悩のままに自然な生を生き、多くの罪をつくっていく意志の立場を代表するとすれば、重盛は、その犯した罪を、故意につくりだす善行によってつぎつぎに消してゆこうとする良心の立場を代表するであろう。彼の立場は、いつも自分を地獄の閻魔大王の前におく立場である。閻魔大王の罪悪帳には、平家の犯した多くの悪が書かれている。重盛はそれを必死で消そうとする。「閻魔大王様、私はここでもこんな善行をしたのです」。のちに、水戸学者たちを感激させた忠孝兼備の道徳家としての重盛の人間像は、かかる良心の立場であったと思われる。そこには、悪をさえ、善に向わせようとする意志がある。しかし、それはあまりに不自然ではないか。そこには、一点でも多く点数をとろうとする学生のように、一点でも善点をかせごうとする不自然な心がありはしないか。

重盛のつとめた善行にもかかわらず、平家一門の暴虐はますますつのり、彼には破滅の日が一日一日と近づいてくるのがみえた。われわれは『平家物語』において、重盛の不安がいかに深かったかを知る。彼は、東山の麓に、四十八間の精舎《しょうじゃ》を建てて、その部屋のひとつひとつに灯籠をかけて、極楽世界をこの世に現出せしめ、念仏の声をたやさず、一心に阿弥陀仏の来迎《らいごう》を願ったという。あるいは、彼は中国の育王山に三千両を寄付し、後世をとぶらうように命じたという。日本ばかりか、中国にまで、善根の種をまかないではいられないほど、彼の心は不安にみちていたのであろうか。

こうした重盛の善意にもかかわらず、平家一門に地獄の罪が与えられる日は近づく。しかし、さきに地獄へ落ちるのは、平家一門ではなく、平家にたいする反対者であった。鹿谷《ししがたに》の変。清盛に対立する後白河院という大きな意志の周囲に、陰謀家どもは集る。その陰謀家どもは、どこかみな、清盛に似ていることに注意する必要がある。多くは成りあがりもの、しかも彼らはみたされることのない権力意志をもっている。成親《なりちか》、西光《さいこう》、俊寛、彼らはみな、法皇の寵をたのみとして、心おごれる人びとであった。そして、平家討伐の計画は露見し、彼らは一挙に地獄のなかに突き落とされる。かくて成親は、地獄の鬼のような平家の士たちに呵責《かしゃく》され、そのあげく、「岸の二丈ばかりありける下にひし（ふたまたに分かれた鋭い刃物に柄をつけたもの）をうへて、うへよりつきおとし奉れば、ひしにつらぬか」れて死に、西光は、法皇の寵をたのんで過分のふるまい、あまつさえ一門を亡ぼす謀反にくみすとは憎きやつ、という清盛の言葉に、「入道殿こそ過分の事をばの給へ」と居なおり、あざ笑い、怒った清盛に口をさかれて殺され、俊寛は、成経、康頼とともに鬼界が島に流されるが、清盛の不興のために彼ひとり許されず、孤島のなかで、修羅の姿で死んでゆくのである。

地獄の世界がすでに出現しているのである。しかしこの地獄は、きたるべき大地獄の前の小地獄にすぎない。西光の「入道殿こそ過分の事をばの給へ」という言葉は、不気味な予言となるのである。すでに西光の過分は罰せられた。清盛の過分が罰せらるべきときがくる。

このきたるべき大地獄を前にして、重盛は死ぬ。彼は、みずから一門の滅亡をみるに耐えなかったのであろうか。彼の死は、みずから選びとった死のような気がする。かくて一門の増上慢の罪をつぐなう人はなくなった。いよいよ罪は盛んであり、そしてその報いが巡りくる。頼政の蜂起。頼政のくわだてが挫折したと思うと、今度は、頼朝を初めとする各国の源氏の蜂起。地獄の時代は迫っている。そして絶望的となった平氏は、興福寺、東大寺、三井寺を焼き、比叡山を荒れるにまかせる。もはや、世界を救う神も仏も不在になったのである。こうして迫りくる闇を前にして、清盛は病死する。

「同《おなじき》四日、やまひにせめられ、せめての事に板に水をゐて、それにふしまろび給へ共《ども》、たすかる心ちもし給はず、悶絶躃地《もんぜつびやくち》して、遂にあつち死《じに》ぞし給ひける」

清盛は、生きたまま地獄に落ちて死んだのである。そして、このすさまじい清盛の死にざまは、のちにきたる彼の子孫たちの地獄の運命を予言するのだ。

地獄のなかの人間——宗盛と知盛

『平家物語』の後半は、この地獄と化した世界において、人びとが、その運命にどのように抵抗して死んでいったかの記録であるような気がする。あとからふり返ってみると、平家の滅亡は必然であり、平家の一門の死は確実であった。しかし、人間には未来のことはわからない。そのわからない未来のために、人間はさまざまに愚かしい喜びや悲しみをくりかえすが、けっきょく、死は一定の運命であった。物語の作者は、こうした運命に直面した人間が、どんなに愚かな希望をたよりにしているか、あるいはどんなに恩愛の心を捨てがたいか、あるいはどんなにいさぎよく戦うかを語るが、彼の人間をみる眼は冷静であるとともに慈悲にあふれている。彼は、死の前に立ったときの人間の恐れや愚かさを見落とさないけれど、このように恐れおののき愚かなことをする人間どもをも、いたわりの眼でみているのである。

もっとも喜劇的な人間は、総大将宗盛であろう。彼は平家の総大将でありながら、なんら人に勝る勇気も知恵もない。彼のような男を総大将としなければならないところに、平家の敗因のひとつがあったのであろう。木曾義仲が近づくにおよんで、あわてて都を出て西国へ逃げ出したが、別になんらの勝算があったわけではない。あわてふためき逃げ出したという感じである。宗盛は、物語全体を通じて、暗愚でたよりにならないことおびただしいが、どこか人のいい、憎めぬところのある人物として登場している。

彼のこのほほえましいほど愚かな性格があらわになるのは、一門の滅亡の場合においてである。壇ノ浦の敗戦が決定的となり、一門の者が相次いで海に入る。ところが、総大将、宗盛親子は、いっこうに海に入る気配はなく、ただぼんやりして四方を眺めているばかりである。あまりのことに、侍どもはあきれはて、宗盛を海へ突き落とす。それを見て、息子の清宗も海に入ったが、あいにく彼らは泳ぎの達人、親子二人で沈むか助かるか、たがいに様子を見合うのである。

源氏に助けられた宗盛は、この後もさらにおどろくべきほどのすなおな人間性を露出する。京都へ連れられてきて、さらしものにあい、六条堀川で袖をかたしいてねるが、宗盛は息子の清宗にそっと袖を着せてやる。息子に風邪をひかせまいとするまことによきパパの配慮である。「御袖をきせ奉りたらば、いく程の事あるべきぞ」と人びとはいったけれど、人間の心のなかにある肉親愛の深さに涙を流したという。そして鎌倉へ連れていかれ、頼朝に会うが、そのとき彼は、「ゐなをり畏《かしこま》」って頼朝の命令をきいたという。居なおり畏ったとて、命は助かるものでもないのに、とみなつまはじきしたが、涙を流す人もあったという。

作者は、むしろこの宗盛の弱さに涙を流す人であろう。そうまでして生きようとする人間のあわれさ、それは喜劇であるにしては、あまりにもいたわしい。

こういう喜劇的な弱さをもった宗盛にたいして、悲劇的弱さをもったいくらかの人たちがいる。その代表者は重盛の息子たち、とくに維盛と清経である。重盛のもっていた不安が、彼らにおいては重盛のように知恵と結合しているのではなく、弱さとのみ結合しているのである。敵と戦う闘志はさらになく、京を離れた瞬間から、彼らの眼はすでにあまりにも涙にぬれている。清経は、平家が九州から追い出されるやいなや、いち早く前途を悲観して、海に身を投げる。追いつめられた運命に、彼は立ち向ってゆく勇気をもたないのである。弱さの絶望だけがそこにあった。

兄維盛においても事情はほとんど変わっていない。彼は、都においてきた妻や子が恋しくてしかたがない。とてもひとりでいられない弱いやさしい男である。ひとりでいられない彼が、どうして敵と戦うことができるか。彼は戦列から離れ、ひとり妻子のこと、おのれのことを思いわずらう病人であった。あまりの心もとなさに、彼はある日、屋島を離れて熊野へ逃げる。そして、どこへも行く道がないのを悲観して自殺。

宗盛も、清経や維盛と同じような弱さの持主であったが、彼の弱さは死ぬことができない弱さであるにたいし、維盛や清経の弱さは生きることができない弱さであった。そして死ぬことができない弱さはどこか喜劇的であるにたいし、生きることのできない弱さはいつも悲劇的である。

こういう弱い人間たちに対して、最後まで運命にたいして果敢に立ち向う人間がいる。もしも『平家物語』が弱者どもの滅びの物語にすぎなかったら、それは人間の尊厳をいちじるしく傷つけるものとなろう。死の運命をまぬがれないものと知りつつ、その運命にたいして敢然と反抗してゆくところに、人間の人間としての価値があるのではなかろうか。

能登守教経《のりつね》と新中納言知盛《とももり》は、運命にたいする果敢なる挑戦者であった。彼ら二人の活躍によって、平家一門は臆病という汚名をまぬがれることができたのであるが、二人の英雄の心は少なからずちがっていたかにみえる。

教経は単なる勇者であった。九州を追い出され、行くところのなくなった平家が、勢力を回復して、ふたたび都へと迫ったのは、彼の活躍に負うところが多かった。いくさにのぞんで、きわめて勇敢であったこの豪傑は、死においても、まったく果敢であった。矢種を射つくし、大なぎなたをふりまわしてあばれまわったのちに、彼は大将義経を求めんと、源氏の船に乗り移って戦うが、惜しくも義経を逸し、彼を討とうとする安芸《あきの》太郎、次郎という大力の者を道づれに、やむなく海へと沈んでいく。

能登守教経はまことにナイーブな豪傑であった。が、新中納言知盛はたいへん複雑な人間である。彼はもともと、決戦論者であった。たとえ負けてもよい、木曾義仲をむかえて、都で一戦試みることが、彼の主張であった。この主張も、私は勝算あってのことではないように思う。彼のなかには運命にたいする見通しのようなものがあったような気がする。もしも運命が避けられないとしたら、いさぎよく戦って、その運命を甘受しようではないか。彼が決戦論者であったのは、戦略的見地によるのではなく、美学的見地によっているようにみえる。

彼はすぐれた認識者であるとともに、すぐれた行動者であった。認識者として彼は、すでに平家の運命を見通していた。彼は、人間と世界について一種の諦観をもっていた。にもかかわらず、行動者としての彼は、あくまで敵と戦うことにおいて果敢であり、勇猛であった。戦いの初めにおいて、すでに彼は奇妙な行動をとっている。東国の武士たちが、宮廷警備のためたくさん上京していた。頼朝の味方になるべきその人たちは、当然、斬られるべきであった。しかし知盛はいう。「御運だにつきさせ給ひなば、これら百人千人が頸《くび》をきらせ給ひたり共、世をとらせ給はん事難かるべし。古郷には妻子所従等いかに歎かなしみ候らん。若《も》不思議に運命ひらけて、又都へたちかへらせ給はん時は、ありがたき御情でこそ候はんずれ」といって東国へ帰してしまう。

一の谷の戦いに敗けて、平家は海へと落ち、知盛は息子の知章《ともあきら》といっしょに逃げる。知盛をめがけて敵がおしかける。息子の知章がそれをさまたげようとして、逆に殺される。知盛は、馬に乗って船にたどりつくが、船はいっぱいで、とても馬をのせられないので、馬を返す。馬は敵のものになるから殺そうという家来の言葉に、彼は「何の物にもならばなれ。わが命をたすけたらん物を。あるべうもなし」という。彼を動かしているのは、勝つか負けるかという利害判断ではない。いかに、この戦いをいさぎよく立派に戦うかという、道徳的美学的判断なのである。彼は兄の宗盛に、「客観的にみれば、一人の息子を殺して自分が助かるなどということは、どんなにはがゆいものかと思うが、自分のことになるとどうしようもない。命が惜しいものだといま思い知った」という。

壇ノ浦の戦いでは、大声をあげて知盛は「いくさはけふぞかぎり、〔……〕ならびなき名将勇士といへども、運命つきぬれば力及ばず。されども名こそおしけれ。東国の者共によわげ見ゆな」という。そして、勝負の前途がみえると、彼は小舟に乗って御所の御舟にまいり、「世のなかはいまはかうと見えて候。見ぐるしからん物どもみな海へいれさせ給へ」といって、舟をはいたりぬごうたり、塵をひろい、みずから掃除する。そして「いくさはいかにやいかに」と問う女官たちに「めづらしきあづま男をこそ御らんぜられ候はんずらめ」といってカラカラ笑う。女たちに、死ね、生きはじを味わうより、みずから死を選びたまえ、とすすめているのである。しかも彼はそれを最後のユーモアをもって静かに示すのである。それをみて二位の尼は、主上を召してあの悲劇的な入水《じゅすい》自殺をする。そして多くのつわものたちが死に、宗盛は生捕られ、戦いの終りつつあるのをみると、彼は鎧《よろい》を二領きて、「見るべき程の事は見つ、いまは自害せん」といって入水するのである。

いったい、知盛が最後にみたのはなんであろう。それは地獄となった世界であり、そしてその地獄となった世界のなかで、さまざまな悲喜劇を演じながら死んでゆく人間の姿であろうか。このような人間の姿は、すでに知盛にはずっと前にみえていたように思われる。たしかに、勝利の可能性のある戦いの副将としてならば、彼はあまりにもニヒルすぎるようにみえる。しかし、戦いの前途を知った彼には、眼には眼を、歯には歯をという闘志が欠けている。ただ、きめられたおのれの悲劇的役目を、舞台上の俳優のようにみごとに果たしてゆく。

私はこの知盛の眼が作者の眼であったように思う。「見るべき程の事は見つ」、この物語の作者も、知盛のように歴史的必然としておとずれた地獄の世界と、そこにおいてもがき苦しむ人間の姿をみた人でもあった。

来世を願う念仏で物語の幕がおりる

『平家物語』は戦記物である。しかし、この戦記物の特徴は、英雄が登場しないことであるかにみえる。『平家物語』を叙事詩としてみて、それを他国の叙事詩とくらべてみたまえ。他国の叙事詩には、必ずといってよいほど英雄が登場している。叙事詩は、英雄の賛美の歌である。しかし、この『平家物語』には、英雄はひとりも登場しない。たしかに、ときには人間は、勇敢に英雄的に戦う。それはしかし、多くは名誉がほしいからである。しかし、戦争のなかにおける英雄的行動を、『平家物語』の作者は認めることは認めている。しかし、その個々の英雄的行動から、ひとりの完全な英雄をつくりだそうという気は、彼にはないのである。

たとえば、義経は英雄になる資格をもっているかにみえる。そして、のちに民衆は彼を悲劇的英雄にまつりあげた。しかし、『平家物語』に登場する義経は、けっして英雄ではない。彼は背が低く出っ歯の男である。部下にたいして人情の厚いところもあるが、大将としての器量にとぼしく、功名心にはやり、部下の梶原景時と対等の立場で功名あらそいをするのである。

あの有名な那須与一が扇の的を射たとき、その舟のなかから五十ばかりの黒革おどしの鎧を着て、白柄の長刀《なぎなた》をもった男が、扇のたっていたところで舞いを舞った。その男を、伊勢三郎は「殿の命令だ」といって与一に命じて殺させてしまうのである。頭の骨をひいふっと射て、ふなぞこへさかさまに倒れた男をみて、源氏の方はまたえびらをたたいて喜んだというけれど、この行動は、たとえ義経の命令ではないにしても、あまりに残酷すぎるのではないか。私には物語の作者が、義経の残酷な一面をそれとなくのぞかしているようにも思われる。頼朝との仲たがいについても、物語の作者は、一方的に梶原景時の讒言《ざんげん》のせいにしていない。義経が功におごって頼朝をないがしろにしたのも、頼朝の猜疑心と同じく、二人の不仲の原因なのである。

けっきょく、この物語の作者にとって、義経もまた、この世界が地獄に化するという歴史的運命にまきこまれた一個の亡者にほかならない。彼もまた、人間なみの多くの欲望や虚栄をもち、歴史の舞台のなかで多少華々しい悲劇、ないしは喜劇を通じて、空しくほろんでいった人間のひとりにすぎないのである。

女院のみた六道の世界は、知盛のみた世界でもあったし、またこの物語の作者のみた世界でもあった。この世はまことに地獄、どこにゆくべきところがあろうか。こうした地獄にたいする絶望の声のなかから、ひたすら来世を願う念仏の声が聞こえてくる。六道の懺悔物語をした女院はまもなく死ぬ。阿弥陀如来をひたすらたのんで、阿弥陀仏像からたれさがった五色の糸をとりながら、来世に必ず、阿弥陀仏の国に生まれんことを願って、女院は死んだ。この念仏は、源信的、法然的な念仏であり、親鸞的な念仏ではない。死の向うの浄らかな国を思い、そこへの期待に死の不安を忘れるあの臨終の念仏なのである。

私は『源氏物語』において、自己の内にひそむ煩悩のために、地獄の苦を味わう人びとをみた。しかし、『平家物語』は、世界そのものが地獄と化した歴史物語なのである。人間は、迫りくる地獄の前に、おそれふるえる亡者のごとくであった。この物語が琵琶法師に歌われ、地獄思想は、日本の民衆の魂の奥深く入っていったのである。

第八章　妄執の霊ども（世阿弥）

能と元曲——日本と中国の文化の差異

日本文化と中国文化はどうちがうか。この問題は、あまりにむつかしい問題で容易に答えられそうにもない。この問題に答えるために、日本文化と中国文化を比較し、どの点において日本文化がすぐれていて、どの点において中国文化がすぐれているかを考えてみることが問題解決の有力な手がかりとなるであろう。われわれは中国から多くの文化を学んだ。中国は明らかにわれわれの文化的教師であった。そしてわれわれ生徒は、いくらかの領域において、教師である中国を抜くことはできなかった。吉川幸次郎氏により中国文学の精髄とされる詩と歴史的散文。われわれはそれを真似て、それに対抗して、『万葉集』と『古事記』『日本書紀』をつくった。中国の詩と日本の歌、どちらを価値ありときめつけるわけにはゆかないが、われわれが、杜甫や、蘇東坡のような大詩人をもたなかったのはどうしようもない。歴史的散文においても、われわれは司馬遷のようなみごとな文章をもたなかったのも事実である。これらの領域では、われわれは明らかに中国におよばない。

しかし、われわれが中国よりまさっている文化領域がある。中国においてほとんど発展しなかった、あるいは発展がおくれた文学のジャンルにフィクションの文学がある。小説とドラマの領域である。『源氏物語』はみごとな小説である。十一世紀という時期にこのような小説が書かれたのはおどろくべきことである。もちろんそういう小説は中国にはまだなく、そして、以後の中国の小説も、『源氏物語』にはおよばないであろう。小説というジャンルにおいては、日本は明らかに中国を凌駕した。

能。十四世紀、世阿弥《ぜあみ》により大成された演劇のジャンルにおいても、日本は明らかに中国を圧倒しているように思われる。ちょうどそのころ、正確にいえばそれより少し前、中国では、元曲《げんきょく》といわれる戯曲が生まれる。元という異民族の支配下に、初めてフィクションの文学が中国に生まれたのは、それなりの理由があろう。かつて詩文が官吏の必然の教養であると同時に、出世の手段であった。しかし、元は、詩文の試験により官吏となる資格を与える科挙制を廃止した。かくて詩文の教養は、出世に役に立たないものとなり、行き場を失った詩文の教養が、俗文学の創作となって結晶したといわれる。

ほぼ同じころ成立した二つの戯曲を比較することは、日中の文化の特徴を比較するために便利であるかもしれない。元曲と能を比較するとき、われわれは、それらの二つの劇に明らかな性格の相違を見出すのである。元曲は、多くは勧善懲悪のドラマである。悪官吏により、人民は罪なくして、罰せられている。しかし、やがてこの冤罪《えんざい》は晴れて、無辜《むこ》の民が救われ、悪官吏が罰せられるというスジが元曲に多い。いわば裁判劇、政治色が強い劇であるが、能はけっして勧善懲悪の劇ではなく、むしろ救われざる霊のウメキの劇であるといってよい。元曲には、能にない緻密なドラマ構成があるかもしれないが、能のように深い内的な人間観察はない。もしも文学の価値が、主に人間の内面性への洞察の深さによってはかられるべきであるとしたら、能は元曲より、はるかにすぐれた文学であるといえよう。

このちがいはどこからくるのか。現実性と幻想性、政治性と内面性。私は、このちがいはやはり儒教と仏教のちがいではないかと思う。仏教をうけ入れながら、やはりその魂の底に儒教をもち、容易に儒教的思想を捨てることができなかった中国人と、仏教によって魂の底まで形成された日本人のちがいが、そこにあるのではないか。

儒教は明らかに人間主義、現実主義の立場に立つ。孔子は「怪力乱神を語らず」（「述而」『論語』）という。知識を人間によって知られる範囲内にかぎり、もっぱら政治的人間としての教養をつむのが、儒教の人間教育の方法であった。しかし、仏教は、このような人間主義、現実主義の立場を二重に越えている。それは、一面においては、人間の限界を越えて、天地万物に人間と同じ生命の姿をみる。そして他面において、この現実をも、ひとつの相対的世界としてみる見方、この現実世界を空なるもの、仮なるものとしてみる視点を仏教はとる。人間主義にたいして、超人間主義、汎《はん》生命主義、また現実主義にたいして、いわば夢幻主義といってよいだろうか。現実をも、ひとつの夢幻としてみる立場を仏教はとる。

われわれが日本の文化を考えるとき、注意しなくてはならないのは、われわれが中国から文化をとり入れようとしたとき、中国は、おのれのもちまえの現実主義、人間主義にあきて、仏教というこの超人間主義、夢幻主義の宗教を、もっとも熱心に取り入れようとしている時期にあったということである。中国文化に先進文化をみたわれわれは、中国自身が全国民的情熱をあげて学ぼうとしているかにみえた仏教を、もっともすぐれた文化と考え、それを中国に匹敵する、あるいは中国以上の熱意でもってとり入れようとしたのは当然である。

しかもこの熱意は実を結び、日本は、一時、中国が理想としていたより、はるかに仏教的な国家となった。日本において仏教は、中国以上に人間の魂の底にまで到達する教説となった。今、ドラマにおいても、この特徴は明らかである。人間主義と現実主義のドラマである元曲にたいして、超人間主義と夢幻主義のドラマである能。

妄執の舞い——死の相のもとの生のドラマ

能の歴史について、ここでくわしく語る必要はあるまい。民間につたわる賤しい一個の芸能、この芸能をみごとに幽玄な芸術にまで昇華させたのは、もっぱら世阿弥という天才によるのである。もとより、世阿弥の父、観阿弥も、一個の天才であり、しかも、彼は、世阿弥とちがった芸術理念をもっていたかにみえる。世阿弥の能の夢幻的性格にたいして、観阿弥の能はリアリスティックな性格をもち、その傾向は、のちに観世小次郎により発展せられたという。たしかに、能における非世阿弥的要素を指摘するのも重要であるが、やはり、能が、世阿弥という天才において、おどろくべき内的深さに達したことは否定できない。この世阿弥によって大成された能の思想的特徴はなにか。

私には、能の第一の特徴は、やはり人間中心主義ではないということであるように思われる。主人公シテは、人間ばかりか、鬼や鵺《ぬえ》や桜や杜若《かきつばた》ですらある。いったい、人間以外の動物や植物の霊がドラマの主人公である場合が、世界の劇にあるであろうか。おそらくギリシアの劇では、このような劇は考えられない。劇はやはりなによりも人間の行為を示すものである。そして中国においても、このような劇は存在しはしまい。しかし、日本においては、人間以外の動物ばかりか、植物までをも主人公とする奇妙な劇がここに誕生した。ここに、ひとつの日本文化の特徴があろう。アニミズムといわれる世界観、すべての天地自然を生きた生命とみる生命観、その生命観は、日本人が昔からいだいた生命観であった。そしてその生命観のうえに仏教が、とくに密教がうけ入れられる。「草木国土悉《しっ》皆成仏《かいじょうぶつ》」、それが日本の仏教の合言葉になる。山や川にも魂があるのである。山や川に魂があるとすれば、草木ばかりか、山川まで、ドラマの主人公として登場してきたとしても、別に不思議はないのである。

かくて、ドラマの主人公が、人間ではなくてもよいという、まことに万邦無比の奇妙な劇がここに生じた。主人公はときとして人間でないどころか、たとえそれが人間であっても、それは正確な意味における人間ではないのである。それは人間にみえていても、じつは、死んだ人間であるか、あるいは、鬼であったり、狂人であったりして、正しい意味における人間とはいえない人間なのである。

たとえば、舞台にひとりの美少女が登場してくる。美しい清潔な美少女、その美少女にわれわれはなんらの疑いをもたない。しかし、劇の進行とともに、意外なことが暴露されてゆくのである。かつて二人の男性に愛され、悲劇の死をとげた少女のゆかりの話を聞きたがるワキの問いにつれて、昔話を語るこの里の美少女は、徐々にその恐るべき正体を明らかにしてゆくのである。初めは、きわめてつつましやかに語っていた話に徐々に熱が入り、三人称が一人称に変わったと思うと、その少女の姿は消えてなくなるのである。

ああ、その美少女こそ、かつて二人の男に愛されて死んだ少女の霊の化身なのである。かくて、前場の清らな美少女は、後場において、邪淫の炎にせめられる夜叉《やしゃ》となって登場する。まことにおどろくべきことである。あの清純で、なんの悲しみをもひめていないかにみえる少女の魂の底に、深く邪淫の罪にもだえる魂がかくれていたのである。後場において、霊は、裸の魂の姿を露呈する。人間の魂の奥底にひそむ煩悩の、情欲のはげしいもだえ、そのもだえとそのもだえゆえの苦しみを、霊は徐々に早くなる舞いによって示すのである。

前場を昼とすれば、後場は夜であろうか。昼の世界には、人間の魂は日常性においてあらわれる。なんでもない里の美少女、そして好奇心をもって里の女に故事を聞く旅の僧、これは昼の世界、ハイデッガー的用語を使えば、日常性の世界である。しかし、後場は夜、魂の奥の奥、日常的人間からは離れた世界なのである。その世界において、人間の心の奥底深くかくれた煩悩は、深い深い闇のおどりをおどるのである。

日常性の仮面をとろう。そして霊の内面を裸にさらせ。裸になった霊の姿のなんという奇妙なことか。満たされない妄執を人間は心の底にいだいている。その妄執に人間はたえず悩まされる。その妄執が、夜、奇妙な舞いを舞うではないか。

世阿弥は人間の深層心理の深い洞察者なのである。彼はフロイドのように、日常的になんでもなくみえる人間の心の奥底に、意外な闇の欲望をみつけ出すのだ。そして、日常性のヴェールをはいで、あの実存的といってよいか、人間の内面に巣くう奇怪な情念に、闇のなかの冷たい月光をあびせかけながら、その情念に奇怪な舞踏を命じるのである。おどれ、汝の怨恨の、汝の嫉妬の、汝の憎悪のおどりをおどれ。

かくて、妄執の霊に、そのもっとも内的なおどりをおどらすことにより、世阿弥はこの妄執の霊のカタルシスを行なっているかにみえる。妄執の霊に思い切った乱舞を許すこと、それによって、妄執の霊はなぐさめられ、わが魂の内面に巣くう妄執の霊たちもなぐさめられるのではないであろうか。

このような劇を、もとより、人間の劇とよぶことはできない。それは、おどろくべき非人間の劇である。人間、完全な意味の人間は、そこには登場しないのである。

能がこういう超人間的特質をもつとすれば、その劇が現実主義的な劇ではないことは、もはや明らかであろう。そこでは、多く死者が主人公なのである。死者が主人公であるという劇も、やはり世界無比であろう。それは現実が夢幻の、生が死の視点から眺められているのである。彼は、死の眼というべき奇妙な眼をもった人生観察者であったように思われる。世阿弥は、人間の生を、死という空間のなかでみた。死という永遠の沈黙の空間にとじこめるとき、人間の生はいかなる相貌をおびるか。そのとき人間の生は、いくらかの妄執の塊にみえたのだ。なんと多くの人間が満たされぬ妄執に苦しめられていることか。ある男は、修羅の巷をさまよい、ある女は愛情の妄想にとりつかれ、ある老人はしがない人生の嘆きをなげく。どれも、これも、救われない魂のかたまりではないか。

世阿弥は、死の相のもとに、いっさいの生きとし生けるものを見た。そのとき、生きとし生けるものは、苦悩の言葉を語ったのである。生とは、彼にとって、妄執の煩悩に苦しめられるひとときの幻想にほかならなかった。かくて、彼は、このひとときの幻想に悩まされる人間どもの魂の代弁者となった。闇のなかで聞いたさまざまな叫び声を、彼は、霊どもにかわって歌い舞った。

私は世阿弥のなかに魂の魔術師を感じる。彼ほど人間の魂の底にある闇の衝動の諸相に通じていた人はあるまい。人間の魂の底にはさまざまな暗い霊が住んでいる。その暗い霊どもの語る言葉や身ぶりのすみずみまで、世阿弥は知りつくしている。そして世阿弥により、こうした不幸な霊たちは、じつに雄弁に秘められた言葉を語り、じつに美しくこの暗いおどりをおどるのである。

私は、仏教がその人間観察の深い眼を人間の内面に向けたことを知っている。智顗《ちぎ》による深い人間の煩悩の観察、こうした人間観察の知恵のうえに、世阿弥の眼も立っているのである。地獄の思想が、ここにある。ここに人間の内面性への天才的洞察力をもつひとりの闇の詩人によって、みごとに芸術化されるのである。人間とはいったいなにか。こんなに満たしがたい妄執にせめられて、こんなに深い苦悩を受けねばならない人間とは、いったいなんであろうか、という問いが、世阿弥の一生の問いであったように思われる。

世阿弥の劇は、人間主義ではないと私はいった。たしかに、世阿弥の劇には、しばしば人間以外の動植物が主人公として登場することがあるし、また、主人公が人間である場合でも、それは多くは、霊や、狂人や鬼であった。非人間的なものが、むしろ能の主人公であった。ここで、主人公を非人間的なものにすることによって、かえってそこに、人間の人間たるゆえんを示すのである。世阿弥の劇は、現代の言葉でいえば、人間疎外のドラマなのである。むしろ疎外された人間、あえて非人間となった人間を主人公にして、真の人間のあり方を示そうとしたのであろう。

私は、ここで、こうした世阿弥の劇の本質を明らかにするために二つの能をとってみよう、『蟬丸《せみまる》』と『綾鼓《あやのつづみ》』である。

現世の価値が逆転する世界

醍醐天皇第四の皇子、蟬丸は、生まれつきの盲目であった。盲目の皇子は、皇子としてまことに不似合な存在である。それゆえ、帝は、無情にも蟬丸を山野に捨てさせるのである。勅命をうけたワキ清貫《きよつら》は、シテツレ蟬丸を逢坂山に捨てるが、あわれむ清貫にたいして、かえって蟬丸は、盲目の身と生まれたことは前世の戒行拙《つたな》きため、それゆえ山野に捨てさせたまうのは、過去の業障《ごうしょう》を果たし、のちの世を助けんとの御謀《おんはからい》、これこそ真の親の慈悲と、かえって父の帝を弁護するのである。不具の子を山野に捨てようとする父と、子を捨てようとする父を弁護する子。

しかしひとりになると、蟬丸はさすがにさびしくなる。琵琶を抱き、杖を持ち、伏し転《まろ》びて泣いている。そこへ、奇妙な人間がシテとして登場する。髪がさかさに生えた人間である。そして人間は、われは延喜の帝、醍醐の第三の皇子（実は皇女）、逆髪《さかがみ》というのだと名のる。

「われ皇子とは生まるれども、いつの因果の故やらん。心よりより狂乱して、辺土遠境《へんどえんきょう》の狂人となつて、緑の髪は空《そら》さまに生《お》ひ上《のぼ》つて、撫《な》づれども下《くだ》らず。いかにあれなる童《わらんべ》どもは何を笑ふぞ。なにわが髪の逆さまなるがをかしいとや。げに逆さまなる事はをかしいよな。さてはわが髪よりも、汝等が身にて我を笑ふこそ逆さまなれ。面白し面白し。これらは皆人間目前の境界なり。それ花の種は地に埋もつて千林《せんりん》の梢にのぼり、月の影は天にかかつて万水《ばんすい》の底に沈む。これらをば皆いづれをか順と見逆なりといはん」

この逆髪をどういう人間と考えたらよいだろう。彼女は単なる狂人なのであろうか。私はそうではないと思う。彼女の語る言葉は、けっしておかしい言葉ではない。彼女の語る言葉は、世阿弥の能の、いかなる主人公の語る言葉より、哲学的であるように思われる。

彼女の髪は、逆さまにはえている。逆さまにはえた髪はどうにもならない彼女の運命である。この逆さまに生えた髪ゆえ、彼女は狂人となるよりしかたがない運命となるのである。逆さにはえた髪は、なにをあらわすのであろうか。私は、それは逆さまの価値観を示すものであると思う。価値の反逆者。

貴族社会は、貴族社会としてひとつの価値観をもっている。この価値観が、貴族の社会の成立要素である。しかし、人間のなかにはこの価値観に順応できない人間がある。生まれつき価値の反逆者に生きざるをえない人間がある。たとえば、貴族社会は容貌の美しさを人間である条件としているとする。とすると、生まれつき容貌のみにくい人間はどうしたらよいか。彼らは貴族に生まれつつ、人間である条件をみたさないものとして、貴族社会から追放されるであろう。貴族社会と、あるいは人間社会とまったくちがった価値観をもっている人間、それが逆髪であろう。そしてそういう人間は、無情にも、貴族社会から狂気の烙印をおされて追放されるのだ。

逆髪は「狂女なれど心は清滝川と知るべし」という。心は清いのである。むしろ心は、二人までわが子を追放した醍醐の帝よりはるかにきれいで、あわれみ深い魂が、その狂人の魂の底にかくれているのである。この点に注意するがよい。表面は狂気の態をとっていながら、心は清くやさしい逆髪と、表面は天皇として統治していながら、じつはひどく非人間的な行動をとっている醍醐の対立がここにあり、世阿弥は明らかに逆髪や蟬丸の味方であることに注意するがよい。

ここで、世阿弥は、ひそかに価値逆転の時限爆弾をしかけているのである。順と逆は、逆転していると彼はいう。「これらは皆人間目前の境界なり」と世阿弥はいう。順と逆が逆転している、それが現実の姿なのだ。正しい人間が不幸となり、悪い人間が幸となる。こういう価値の逆転が、現世の世界において支配的ではないか。

もとより、一介の能作者にすぎない世阿弥がこうした道徳的怒りを、はっきりと語るわけにはゆかない。しかしひそかに彼は、狂人とされている人間の清い悲しい心に同情をよせ、その暗い心のドラマを演じせしめることにより、かえって人間の顔をした非情な人間、非人格的人間にはげしい弾劾をあびせかけようとするのである。「いづれをか順と見逆なりといはん」。これは、世阿弥にとっても、思いきったはげしい言葉であるように思われる。
『蝉丸』は、けっきょく現世を支配している価値からの脱落者、反逆者をシテとする能であるかにみえる。行くところのない脱落者と反逆者の魂。それが出会い、そしてしばしたがいになぐさめあうが、やがて別れのときがやってくる。顔見あわせ、杖をついてうしろ向きに去ってゆく逆髪の姿は、まったく印象的である。孤独者は、ひととき二人してなぐさめあうことがあるかもしれない。しかし、二人はやがてたがいの孤独に帰ってゆかねばならない。休むところのない追放の刑に処せられている反逆者、脱落者、例外者の孤独な運命。

ここにおいて、きわめて奇妙な個性をもった人間が日本文学に登場してきたといってよい。価値の反逆者という人間、マイナスの価値を徹底することによって、かえって現存する価値の最大の批判者であるような人間、こういう不気味な人間が、世阿弥によって、初めて文学の主人公となったのである。この逆髪以外にも、世阿弥には、狂人の、あるいはにせ狂人の劇が多い。そして狂人は、ほとんど、あまりに純潔すぎる魂の持主である。あまりに純潔すぎる魂ゆえに、彼らは狂人となったのである。この純粋さの過剰のために狂人となった非人間に、純粋さの不足のために狂人にならなかった常人を対立させることにより、かえって正気な世俗的な人間のもっているズルサが暴露され、世界のウソが断罪されるのである。

三重のシンボル操作で浮かびあがる怨恨

『綾鼓』も断罪の意味を含めている能なのであろうか。

九州の木の丸《きのまる》の皇居に庭掃きをしているひとりの老人があった。女御の姿をひとめみて、彼は恋する男となった。老人の恋を聞いて女御は、恋に上下はない、それゆえ、御所の池の桂の枝に鼓をかけ、老人がその鼓を鳴らして、その音が皇居へひびいたら、ひとめ会ってやろうという。

老人は懸命になって鼓を打つ。わびしい老年、そのうえ、よしなき恋の悲しみまで加わったおのれの運命を嘆きつつ、老人は鼓を打つ。しかし、鼓は鳴らない。鼓は綾で、女御の衣の綾でできていて、鳴らないのは当然である。しかし、老人はそんなことはつゆ知らず、懸命に鼓を打つ。鳴らない鼓、みたされない恋を悲観して、かくては生きていてもしかたがないと、老人は池へとびこんで死ぬ。

ここで、劇の前半、能のいわゆる前場は終る。つぎが後半、いよいよ霊の登場である。老人の死を聞いて、臣下が女御に報告する。すると女御は急に物狂わしくなり、「あの池から、ほれほれ鼓の音が聞えてくるではないか」と叫ぶ。すると、池のなかから悪鬼となった老人が現われてくる。邪淫のあまり、瞋恚《しんに》の鬼となった老人があらわれ、綾の鼓を打ってみよと笞《むち》をもって女御を責める。女御は、その責苦に泣きさけぶ。こうして鬼は、さんざん女御を責めた末に大蛇と化し、紅蓮《ぐれん》大紅蓮の池となった池に怨めしや怨めしやと叫びつつ、帰ってゆくのである。

この『綾鼓』という劇は、世阿弥の能の表現の特徴をもっとも明晰に示しているといえる。それは、表現の象徴性ということである。綾でできている鼓はここで三重の形で象徴的に用いられている。

(一)　綾でできている鳴らない鼓は、浮気で虚偽多い女御のシンボルなのである。あるいは女御を含めて、上流階級の貴婦人一般のシンボルなのである。綾の鼓は美しい。それは、池の辺《ほとり》の桂の木の枝に掛けられている。いかにも風雅である。しかし、その風雅な鼓は鳴らないのである。つまり実意がないのである。しかもその鼓は、いかにも鳴るかのようにいつわられているのである。表面、美しく風雅で上品にみえながら、誠意がなく、ウソでかためた虚栄の女、そんな女のイメージとして綾鼓はまことに適当である。

私は、この綾鼓には、深い底意が秘められていると思う。老人はひとめみて女御に恋したとある。みたとはどういうことであろう。単に視覚的にみたのであろうか。日本語でみるという意味は、多く肉体的関係を示す。庭掃きの老人と女御とのあいだには、肉体的関係があったのであろうか。まさかとわれわれは思う。ここのところは、世阿弥はボカシている。しかし、世阿弥は女御の責任を深く責めている。

私は、庭掃きの老人と女御とのあいだには、ある種の関係があったのだと思う。女は、ひとりの男性を多くの女性たちとともに争うことへの虚無感に悩まされていたと思う。一時の生の倦怠が彼女の心にしのびこんだのかもしれない。そのとき、ふと彼女は庭掃きの老人をみた。そして、多少のカラカイ、そして、彼女はこの賤しい老人に、多少の浮気的な好奇心をもった。この男の心をオモチャにしてやろう。彼女は「アンタオモシロイ人ネ、好キダワ」くらいはいったかもしれない。

老人はその言葉に夢中になった。彼女のような美しい、位の高い女性をみたことは初めてであり、まして彼女が多少の興味を自分に示してくれるとは思いがけないことだ。老人が年がいもなく恋する男になったのは、当然である。彼は、似合わぬ恋に我を忘れる男となった。

しかし、女御としては、それは困るのである。老人とのあの日のできごとは、ほんの一時の浮気心にすぎない。その浮気心を本当にして、老人がのぼせてしまうのは、まことにめいわくである。迷惑と思っても、女は、自分のために狂った男をみることは、少なからず自尊心を満足さすのだ。どの程度夢中になっているかしら。女は意地の悪いイタズラを思いつく。絶対に鳴らないとわかっている綾鼓、それを打たせてやろう。女は、自分のために恋に苦しむ男心の残虐な見物人になろうとするのである。

世阿弥はこの浮薄な女心を綾鼓で象徴しようとするのだ。美しいけれど、実体のない心、その心の表現として、これほど適当なイメージがあろうか。

(二) ついでこの綾鼓は、空しい恋に憂身をやつし、時を過ごす老人のシンボルとして用いられる。老人は空しく鼓を打つ、けれど鼓は鳴らない。日も夜も、明日は鳴るかと老人は鼓を打つが、鼓はどうしても鳴らない。こうして空しく時は過ぎてゆく。この鼓を「時の鼓」と世阿弥はいう。

この『綾鼓』は「綾の太鼓」といわれる古曲を世阿弥が改作したものといわれる。かつて「綾の太鼓」といわれた能を、『綾鼓』に世阿弥が改作したのであるという。そしてかつては時を太鼓によって知らせた。この「時の鼓」という言葉は、時を知らせる太鼓の名残かもしれない。しかし、私はそこに象徴的な意味をみる。空しく流れてゆく時間、よしなき期待をたのみつつ、徐々に老いてゆく人間の生命。

私には、ここにきて世阿弥が綾鼓で示そうとするシンボルは、人生一般のシンボルであるかにみえる。空しい人生、一日一日と老いゆく人生。その人生に恋がある。日一日死が近づいてゆくのに、人間はなぜに空しい恋に身を焼かれるのであろう。空しい煩悩の火に焼かれ、絶望しつつ老いてゆく人間の命。綾鼓を打ちながら空しく絶望の日を送る老人の人生は、むしろ人生一般のシンボルになっている。

(三) しかしふたたび後場において、綾鼓は女御のシンボルになる。しかも、そこで、女御は老人によって笞で打たれるのである。怨みの鬼となった老人に責められて、鼓が鳴らぬ鳴らぬと悲鳴をあげる女御の姿、それがふたたび綾鼓のイメージに盛られているのである。

世阿弥は、そこでみごとな復讐をとげようとする。男の純情をもてあそんだ浮気な女め、思い知れ。おそらく、世阿弥の女にたいする怨みが、この後場を書かせたにちがいない。「因果歴然はまのあたり」と世阿弥はいう。浮気女、ウソツキ女、虚栄女は罰せられたのである。

ここで㈠のシンボルと㈢のシンボルは、因果応報の関係で結びつくのである。㈡のイメージ、怨みをのんで死んで行く老人のイメージを媒介して、㈠の美しいウソツキ女のイメージが、㈢の鬼に打たれる女のイメージと結びつくのである。因果が、目のあたりにシンボリックに表現されている。これはみごとなドラマトゥルギーである。

傷ついた純粋な魂の哀しみ

表現の象徴性、それが能の方法的な特徴であると同時に、日本の美意識の特徴である。この象徴の美学は、おそらくは藤原定家において大成される。定家の歌では、風景はすべて心のシンボルとして用いられる。「こぬ人をまつほの浦の夕なぎにやくやもしほの身もこがれつゝ」。彼が『小倉百人一首』のなかにみずから選んだ自作の歌のように、風景は心の象徴として用いられる。来ぬ人を待つやるせない心、その心が、静かな夕なぎの海に、青い海にただようひとすじの藻塩の煙で示されるのである。

このような象徴美学の優美さと繊細さ、それが中世美学の規範となった。世阿弥の美学もそういう美学の発展上にある。ひとつの綾鼓のなかにさまざまな人生が象徴されてくる。そしてここでひとつのものは、無限に深い意味をになわされるのである。

このような象徴美学にもとづきながら、世阿弥は、きわめて不幸なひとりの人間の魂のドラマを明らかにする。主人公は庭掃きの老人、きわめて賤しい人間の、きわめて身分の高い女性への不似合な恋。それは、もはや『源氏物語』の世界ではない。『源氏物語』は、その恋がどんな悲劇を含むにせよ、若い美しい貴族の男女同士の恋である。しかし、ここでは賤しい老人の女御にたいする恋、まことに不合理な世界である。世阿弥はもちろん、『源氏物語』からも材料をとって能をつくっているにはいる。六条御息所と浮舟、それが、世阿弥が『源氏物語』からかりてきたドラマの主人公である。世阿弥が、藤壺や紫上のような女に興味を示さないのに注意するがよい。彼の注意をひくのは、深い闇におびえる魂ばかりである。

同じことが『平家物語』についてもいわれる。世阿弥は『平家物語』から多くの材料をかりてきて、能にした。敦盛、忠度、清経、頼政、実盛など、みな不幸に死んだ者たちである。頼朝はおろか、清盛や重盛までも、世阿弥の関心をひかなかったのに注意する必要がある。世阿弥の魂は、偉大で大きな魂より、むしろ小さいが純粋な苦しめる魂にのみ同感を感じたようであった。

世阿弥は、この庭掃きの老人のような賤しい身分の人を主人公とする能を数多くつくっている。九州の芦屋の里の人妻（『砧』）、あるいは野上《のがみ》の宿の遊女（『班女』）など、名もない庶民、純粋な愛情ゆえに、かえって大きな苦しみに悩まねばならない人の心に、好んで彼の魂はしのびこんでゆくのである。

この『綾鼓』とほとんど同じ構成をもった能に『恋重荷《こいのおもに》』という能がある。『綾鼓』は、鼓が鳴ったら会ってやろうというスジであるが、『恋重荷』では、綾錦でつつんだ石を示して、この石をもちあげることができたら会ってやろうと女御はいう。綾鼓が綾につつんだ石に変わっただけで、内容はほとんど同じであるが、結末がちがっている。『綾鼓』では、老人は最後まで女御を怨みつづけたにたいし、『恋重荷』では、もし女御が老人の菩提をとむらってくれたら、女御の守り神になると鬼となった老人はいう。

このちがいをわれわれはどう考えたらよいであろうか。

私は、『恋重荷』の鬼はいささか意気地がないと思う。最後まで怨まねばならないのだ。浮気なウソツキ女には、最後まで妥協してはいけないのだ。守り神になるとは、あまりにあわれな男心ではないか。怨め怨めといいたいが、しかし、そのあわれな鬼の心は、『綾鼓』の鬼の心にも暗に含まれているのかもしれない。女御の少しばかりのやさしい言葉に、『綾鼓』の怨みの鬼もたちまちのうちに女御の守り神にならないとは保証できない。

私は、この二つのドラマは世阿弥自身の体験からできあがったのではないかと思う。彼は芸人、それは庭掃きや菊作りの老人と同じく、賤しい身分である。しかし、みごとな芸術を彼は作る。ひとりの貴婦人が、おそらく世阿弥に多少の興味をもったにちがいない。燃えあがる世阿弥の心。女の世智と虚栄と残酷さ。この二つのドラマには、世阿弥の復讐心と同時に、貴女への執着がある。「忘れんと思ふ心こそ、忘れぬよりは思ひなれ」と世阿弥はいう。そういう「忘れんと思ふ心」が、この二つの能をつくらせた。

詩人の心のなかには、悲しい思いがひそんでいるような気がする。それは、いってみれば、まちがって生まれてきた思いなのである。この世で生きるにはあまりに純粋な心をもって、詩人は生まれた。それゆえ、この世に生まれたことに、すでに詩人は深いなげきをもつのではないか。

世阿弥はそういう嘆きの人であったかにみえる。彼の心は、たえずみたされぬ思いに悩まされていたかにみえる。こういう傷をもった美しい魂、そういう魂にのみ彼は共感を感じた。世阿弥によってすべての傷つける魂どもは、死の世界からよびよせられた。そしてその魂どもは世にも美しい、世にもあやしい舞いを舞った。その多くの救いなき魂のあやつり手が世阿弥自身であった。その魂たちは、忘れられた歴史のかなたからきたのか、それとも世阿弥自身の魂のなかから生まれたのか、よくはわからない。おそらくそれは、両方からきたのであろう。

闇の霊のあやつり手、世阿弥の残した芸術は、今日もわれわれの前にある。正直にいえば、私は、もっとたくましい生の歓喜の歌を歌いたいが、その歓喜の歌も、この世阿弥の歌う暗い生の歌を、いちどは歌わずには、深い生の歌にはならないであろうと思う。

第九章　死への道行き（近松）

愛欲と義理と金銭と――三つの世界の葛藤

日本の戯曲は、世阿弥とともに、今ひとりの天才を所有している。近松門左衛門である。近松の世界は、世阿弥の世界のように貴族や武士の世界ではなく、町人の世界である。現実的な享楽に重きをおくことが、町人の世界の思想的特徴である。それゆえ、近松の世界は、死の世界ではなくして、生の世界である。生は、世阿弥のように幽玄な死の光のもとにあるのではなく、むしろそれは華やかな享楽であり、苦しい生活でもあり、倫理的な悩みでもあった。純粋な芸術家として育ったのではなく、中年すぎるまで、ひとりの生活人であった近松は、現世的な人間の喜びや苦しみをつぶさに知っていた。それゆえ、人間の世界についての広く深い眼を彼はもっていた。

能は、生者と化して現われる死者の霊の物語であり、橋掛りは、死から生への道であった。しかし、近松の劇の特徴をなす世話物は、多くは結末が心中である。この世に生きられなくなった男女二人は、死への道を急ぐのである。この死への道行きが世話物の見せ場なのである。生から死への道、そこで、いっさいの罪のカタルシスが行なわれる。二人の男女は多くは罪の人である。追いつめられ、多くの人に迷惑をかけて、心中をとげるよりほかに生くべき道のない男女である。けれど、この道行きにおいて、二人の罪は許されるのである。死なねばならない苦悩ほど尊いものがどこにあろう、死に到る苦悩はすべてを許す、と近松は考えているのであろう。

死から生への道にたいして、ここでは生から死への道である。死者が生者の世界にあらわれてくるのは無気味である。世阿弥の世界はそういう無気味な世界であった。彼はむしろ、死の相から人間をみた。永遠な死の時間に、彼は自己の時間の原点をとった。そしてそれによって、生の妄執の深さをみごとに浮きぼりにしたのである。しかし、近松はもっぱら生をみつめる。生者をみつめ、生活をみつめる。しかし、その生が破綻《はたん》にみちているのを彼はみる。生をじゅうぶんに生きることができない男女たち、もちまえの弱さや不運によって死を余儀なくされていく男女、そういう男女を近松は好んで観察するのである。そして、そういう男女がいかにして破滅したかを彼は克明に語る。彼の眼はたしかに生に密着している。しかし、その生に密着している彼の眼は、いつも死に通ずる生の姿をみるのである。みずから死を選ばねばならない不思議な生の姿を、彼の眼はとかく好んで見入るのである。

私は、近松も、世阿弥とちがった意味で、死の眼をもった文学者であると思う。地獄の眼を彼ももっていた。その地獄は、世阿弥とちがって、もっと複雑である。人間のなかには、生が地獄に化し、この地獄からまぬがれるために、せめてもの期待を死後の浄土にかけて、死を選ばねばならぬ人びとがある。そのような人だけに彼の好奇の眼が、もっぱら動くのである。私は、彼が民衆を喜ばすためにのみ心中物語を書いたとは思わない。やはり、彼自身が、おのれの内面に深く死の衝動をかくしもっていた人ではないかと思う。心中した人間にそそぐ、彼の異常なまでに強い同情を思うがよい。

どのようにして人は死んでゆくのか。なぜ、たったひとつしかない命を人はみずから断たねばならないか。私は、近松の世界の構造は三重ではないかと思う。

ひとつは愛欲の世界。近松は、やはり、愛欲の世界が人間の世界の根底であると考えていた。近松の作品には、露骨な愛欲の場面がある。人形が演ずる愛欲の場面は、人間が演ずる場面よりいやらしさが少ないために、大胆に彼が愛欲の場面を舞台にとり入れたともいわれる。しかし私は、彼の世界観の根底に、人間を愛欲の相にみる思想があると思う。

近松は、日本の伝統的な修辞学に従って、言葉の二義性をうまく用いる。しかし、この多くの人間は、表面的な倫理的な仮面のうらに、深くはげしい愛欲の心をかくしている。言葉の二義性の一方が性的な意味である場合が多い。

「乗る人。も乗せたる駒も。遂に行く　道とは知れど」。『大経師昔暦《だいきょうじむかしごよみ》』の「おさん茂兵衛こよみ歌」の最初の部分である。「乗る人。も乗せたる駒も。遂に行く」が性的な意味をもつことはいうまでもない。

「舟は新造《しんぞ》の乗心《のり》サヨイヨエ。君と我と。我と君とは、図に乗つた乗つて来た。しつとんとんとんしととんとん。しつとと逢瀬の波枕」。『女殺油地獄《おんなころしあぶらのじごく》』の書き出しである。これは当時の流行歌を引用したのであるが、新造の舟が、この油地獄の女主人公お吉のただよわす無意識のエロティシズムを意味し、このエロティシズムが、極道息子、与兵衛を殺人に誘ったものであることを暗示している。

「三百戒五百戒も約《つゞま》る所は赤貝に止《とゞま》るとのお談義。半兵衛が叱る、も貝の業《わざ》。そなたにおれが異見するも貝の業。一蓮託生の閨《ねや》のお同行《どうぎやう》」。『心中宵庚申《しんじゆうよいごうしん》』で、仏教信者の伊右衛門が、嫁に嫉妬をもやしている老妻にいう言葉である。戒と貝という意味がかけられ、一蓮託生という仏教の言葉が、ここでは性的な意味に用いられている。この冗談めかしく語られた言葉のなかに、人間関係の本質が語られている。養子、半兵衛の妻にたいする執着と、養母の半兵衛にたいする無意識の愛欲と、そしてそこからくる嫁への嫉妬など。

近松は、フロイドのように生の内面をみる眼をもった人であった。彼は人間の心の底にかくれている欲望の姿を深くみつめた人であった。このかくれた欲望を彼はそれとなく示す。そしてその隠れた欲望が、人間の世界をいかに支配しているかを語るのである。

しかし、愛欲の世界のみが人間の世界ではない。人間の世界は、むしろ、倫理的な世界である。人間の社会は、人間と人間との信頼関係からなりたっている。この信頼関係が義理であり、人情である。そしてこの信頼関係を破ったとき、人間は人間でなくなるのである。それは男の意地が立たず、女の義理が立たない世界であり、人間はここで畜生と同じことになるのである。

近松はこういう倫理的世界に大きな価値をおいた人であった。彼は一面、人間の内面にある愛欲の洞察者であったが、反面、彼は、人間の倫理性の美しさ、人情や義理の美しさをよく知っている人であった。おのれの身を犠牲にしても、他人の信頼に答えようとする心、この美しい心を彼はみごとな文章で歌いあげるのである。

たとえば、『心中天《しんじゅうてん》の網島《あみじま》』のおさんは、夫の恋人、小春の心を思い、小春を死なせては女同士の義理がたたぬと、小春に夫をゆずり、みずからは妻の座からおりようとする。いじらしいほど美しい、あるいは少々愚かではないかと思われるほどの倫理性。『山崎与《やまざきよ》次兵衛《じべえ》寿《ねびき》の門松《かどまつ》』はまったくの友情物語である。ここでは、近松の主なるモチーフである愛欲は二次的主題となり、与次兵衛と与平の友情がむしろ主題となっている。

こういう倫理の世界の背後にもうひとつの世界、経済の世界がある。世間的な苦労をつぶさになめたかに思われる近松は、経済の世界の重要性をもよく知っていた。商人の擡頭。この世は金の支配を受けている。愛欲の満足は、当時としては、主として遊里によって得られる。しかし、遊里において、もっとも大きな支配力をもっているのは金である。花車《かしゃ》の名でよばれる遊里のオカミは、この遊里における金の価値の代弁者であるかにみえる。彼女は、金の価値を代弁するものとして、愛欲の価値に生きようとする遊女にたいする、みかけは倫理的な価値の仮面をかむった忠告者であり、干渉者なのである。

武士の世界においても、金の価値は猛威をふるっている。たとえば、『堀川波鼓《ほりかわなみのつづみ》』の小倉彦九郎の妻お種は、養子文六に鼓を習わせ、『鑓《やり》の権三《ごんざ》重帷子《かさねかたびら》』の笹野権三は茶を習う。いずれも殿様のごきげんをとり、加増にあずかろうとするためである。

この金銭の世界、経済の世界にたいして、近松はかならずしも好感をもっていない。とくに、金の価値を唯一の価値と考えて、すべての他の価値を無視する人間にたいして、彼は敵意をもっている。

純粋な愛欲と死がすべてをつぐなう

近松にとって、公の世界は、この経済の世界と倫理の世界の結びつきからなっていた。それにたいして愛欲の世界は、私の世界なのである。その私の世界、愛欲の世界は、倫理の世界、経済の世界と共存するかぎり、存在を許されている。そしていかなる個人も、こうした経済的、倫理的な世界のなかにあるのであり、したがって、そういう世界が安定することによって、個人の愛欲の世界もまた安定する。

近松の劇の主人公の悲劇は、むしろこの安定が破れるところにある。愛欲の世界は、個人を容易に溺れさせる性格をもっている。ひとりの女性の存在が世界そのものの存在以上であると、一時、男に思わせるほどの魅力が、女体には秘められている。こうして、女体の魅力におぼれていった男は、それとともに、自己がそこで生きている公的な世界との接触を失ってしまうのである。経済的な破綻と倫理的破綻が彼をおそう。近松は、経済的な破綻が彼を死に追いこんでゆくことを知っている。しかし、彼はここで、倫理的な破綻がこの経済的破綻に併行していることを忘れない。そして、愛欲のもつものすごいエゴイズムについても、彼はよく知っている。愛欲のエゴイズムはすべてを焼きほろぼす火である。人はそのエゴイズムゆえに、すべての倫理を破り、すべての人を傷つけ、最後にはみずからをも破綻にみちびくのである。

しかし、そのエゴイズムをエゴイズムと知りながら、彼は悲劇の主人公にたいする同情を惜しんではいない。その主人公に、彼は倫理的反省をもたらすことを忘れてはいない。彼は、倫理的価値が大切なものであることを知っている。そして、倫理的価値を破ることがどんなに悪いかもよく知っている。しかし、愛欲の心は、その倫理的価値を破るほど強いのである。

この場合、悲劇の主人公が道徳的な非難をまぬがれて、近松の同情をえているのは、つぎの二点によるのであろう。

愛欲の世界は、たしかに動物的な世界である。近松は、倫理の絆《きずな》をふり切って結びついた男女をしばしば犬畜生と非難している。しかし、世界の多くの異性のなかにあって、ただひとりを愛し、その人と死ぬという行動のなかに、やはり倫理性が含まれている。世間からは、不倫者よ、おたずね者よと石を投げられる二人の男女のあいだにある深い愛情はどうなのか。明日死ぬことがわかっているとき、男女はどんなに深く愛し合うのか。世間に保護されている、倫理性の仮面をかむった獣欲の満足にすぎない愛より、世間からは石を投げられ、悪の烙印をおされた男女の、死を覚悟した愛のなかに、むしろ深い人間同士の真実の愛がありはしないか、と近松はいっているのである。多くの愛には、世間的功利が同居する。その世間的功利をのけよ。多くの愛には倫理的免許が下されている。その免許をのけよ。そして、愛を純粋に愛自身としてとり出せ。マイナスの世間性、マイナスの倫理性。すべてのマイナスの条件を背負わされても、人間の愛はどのようにして成立するか。近松の世話物は、そういう絶望的状況における愛についての人間凝視から生まれているように思われる。

たしかに、愛欲には最低の倫理性がある。それは、二人以外のあらゆる人間にたいする非倫理的な行為であったかもしれない。しかし、二人の人間のあいだにあるこの高い倫理性はどうだ。人間のなかにある純粋なものを、近松はこのようにしてとり出してみせたのである。そればかりか、彼らの死への行動が、すでに贖罪の意味をもっている。彼らはもちろん、自己の行動が反社会的、非倫理的行動であることを知っている。しかし、彼らはみずから死を選びとることにより、みずからの身に贖罪をもたらしたのである。どうして彼らが許されぬということがあろうか。みずからの罪を死によってあがなう。近松の思想は、そうした思想であるかにみえる。煩悩多い凡夫の身である。愛欲が彼らをほろぼした。しかし、死への道を歩いた彼らは、その死によっておのれを裁いているはずである。どうして彼らがゆるされぬということがあろうか。それが近松の思想であるかにみえる。滅びにいたる道はいろいろであり、その経過はさまざまである。女の破滅と男の破滅は、型が少々ちがうようである。

無意識のリビドーが女を破滅に導く

女の破滅は、多くは、無意識の愛欲ゆえに起こる。封建時代の人妻にとって、姦通は死に値する罪である。この死に値する罪を犯した人妻は、文字どおり、死への道、破滅への道をたどってゆく。近松のえがく姦通事件は、外的には偶然に支配されている。しかし、その偶然のなかに、どす黒い情欲のもだえがかくれているのである。女たちは、みずからを倫理的であると思っている。そして、倫理的であるとみずから思うことにより、彼女は男に近づくおのれを許している。男は彼女にとり、娘の婿であり、下男であり、命の恩人なのである。しかし、この自己意識こそ、むしろ無意識の情欲の狡智なのである。人間を支配する暗い情欲は、人間を倫理的と自己確認さすことによって、かえってぞんぶんなる支配力をふるおうとしているのではないか。

『鑓の権三重帷子』の女主人公おさゐの夫、茶道の師匠である松江の藩士、浅香市之進は、主君のお供で江戸に行き、彼女は、郷里で娘の菊と夫の留守を守っていた。孤閨をかこつ女の悩みが、心の底に秘められている。ところで、市之進の弟子どもが、殿中饗応の役をつとめることになる。弟子のひとり権三はその伝授をおさゐにたのむ。おさゐは、娘の菊をもらってくれたら秘伝をさずけるといって、夜、権三を自室にまねく。ところが、権三には、すでにお雪という許嫁《いいなずけ》があり、それを聞いて、おさゐは異常な嫉妬にかられる。権三のしめている帯を、これはだれが縫ったとほどいて、その帯をとって打つやらなぐるやらした末に、この帯をしめよとおのれの帯をとって権三に投げあたえる。明らかに異常な行為である。彼女の自己意識は、それは娘可愛さからの嫉妬ゆえであると思っているが、それは明らかに、みずからの愛欲ゆえの嫉妬である。孤閨に悩むおさゐの心には、権三にたいするよこしまな愛欲の心がかくれていて、それが「娘の婿に」という倫理性の仮面をかぶっていたのである。

このかくれた情欲が罰せられるのである。権三の競争相手、お雪の兄、伴之丞に二人の帯が拾われ、不義の証拠と公にされるのである。こうなれば、もう二人の行く道はない。ただ破滅だけが二人を待っている。そして、手に手をとって逃走、そして市之進によっての姦夫、姦婦の成敗ということになる。

『堀川波鼓』も、こういう孤閨をかこつ女の、心の底にかくれた情欲が生んだ悲劇なのである。鳥取の藩士、小倉彦九郎の妻お種は、夫の長い留守を待ちかねている。折しも、養子文六のところに来る鼓の師匠、宮地源右衛門の夫待つ恋しさを歌った謡曲『松風』の鼓の音が聞こえてくる。一層、夫思いの心をつのらせるお種、夫を思う心の底には、お種の満たされない情欲がある。そしてその情欲は満たされることを望んでいる。夫ではなくしても。そして今、夫を待つ心を歌って彼女の情欲をつのらせた宮地源右衛門が、彼女の心の底には、彼女の欲求を満足さすべき男性として意識されていることを、近松は巧みに暗示するのである。

鼓の稽古が終ると酒盛りが始るが、ここで彼女と源右衛門は、文六や妹お藤とともに酒をくみかわすが、盃のやりとりの底に、彼女の男を求める無意識の心がみごとにかくされているのである。酒盛りが終って寝ようとすると、磯辺床右衛門という夫の友人が彼女をくどくが、危いところを源右衛門の鼓の音に助けられる。ふたたび酒盛り、お種は源右衛門の手をとり、口どめをたのみつつ、いつのまにか源右衛門に抱きつき、「さてもしんきな男やと両手を廻して男の帯。ほどけば解くる人心酒と色とに気も乱れ。互にしめつしめられつ　思はず誠の恋となり」ということになる。

近松は深層心理の洞察者のように思われる。彼は、姦通事件をあたかも偶然事のごとく扱う。それが、彼ら二人を道徳的非難から救う道でもある。しかし同時に、こうした偶然にみえる事件の背後のかくれた人間の情欲について、彼はけっして眼をそむけようとしない。こうしたかくれた情欲のもつ意味の大きさを彼はじっとみている。そして彼は、そういう情欲はすべての人の心、貞淑にみえる女の心にも、謹厳にみえる男の心にもあるのではないかといわんばかりである。

『大経師昔暦』のおさんのなかにも、ひそかに茂兵衛を求める心があったと思うが、『女殺油地獄』のお吉のなかにも、どら息子の与兵衛を求める心があったのではないか。お吉は与兵衛に殺されるが、この殺人こそは、まったくばかばかしい、不条理きわまりない殺人であるように思われる。なぜなら、お吉は貞淑な人妻であり、与兵衛に親切をつくしたことはあっても、怨みを受けるようなことは少しもない。彼女は、どら息子の与兵衛をいつもかばい、野崎参りの途中、喧嘩をして泥まみれになった与兵衛の着物をふいてやる。このまったく罪のない彼女が与兵衛に殺されるのである。なぜか。私は、近松は、彼女の心の底にある無意識のリビドーが与兵衛を招いたのではないか、と暗にいっているような気がする。この『女殺油地獄』をも、ひとつの心中と近松は考えているのであろうか。無意識のリビドーが呼ぶかくれた心中事件、近松は人間の心理の恐るべき洞察者だと私は思う。

公生活の破綻が男を死に追い込む

女の場合は、無意識のリビドーが破滅を招くが、男の場合はちがっている。男はもっと意識的な存在なのであろうか。男の場合、いつの間にか深く愛欲の世界にのめりこんでいることに気づく。経済世界の破綻、倫理世界の破綻が明白である。遊女と遊ぶには金がいる。しかし近松のドラマの主人公は、おおむね中小商業の主人や番頭で、多くの金が自由になる身分ではない。金はやがて尽き、もはや倫理的世界を破綻におとし入れないかぎりは、愛欲をみたすことができない。あれかこれか、愛欲を捨てるか、それとも倫理的世界からの脱落者になるか。道は二つに一つであるが、愛欲にとり憑かれた人間が、どうして恋しい人をあきらめることができようか。彼は経済的世界の破綻者であるとともに、倫理的世界の破綻者となり、心ならずも死への道へと追われるのである。この構造を『曾根崎心中』を例にとって分析してみよう。

大坂の堂島新地の遊女、お初は、客とともに三十三所観音巡りをすませて、生玉《いくたま》神社で休んでいると、そこへ恋人の、醤油屋の手代徳兵衛が通りかかる。逢いたくても長いあいだ逢えなかった恋人である。お初は、はや涙声になって恋人の不実を責める。徳兵衛も泣きながら、あれからどんな苦労をしたかを語る。

徳兵衛の主人、平野屋久右衛門は、彼の実の叔父である。叔父甥《おい》のよしみのうえに、彼のまじめな勤めぶりが認められて、久右衛門の妻の姪《めい》に銀二貫目をつけて夫婦にさせようと、すでにその金を徳兵衛の継母にわたした。しかし、徳兵衛はことわった。もちろん、お初のゆえであったが、金をつけた女房をもらったら一生頭があがらず、この徳兵衛の男が立つか、というのが表面の理由であった。それを聞いて、お初のことを知っている叔父は、烈火のごとく怒って、とにかく四月八日までに金はかならず返せ、追い出して大坂の地は踏ませぬという。金をにぎったら金輪際放さぬという継母を八方手をつくして説得し、やっと金をとりもどした。しかし、親友の九平次が先月の二十八日に、三日の朝にはかならず返すからといって、金を貸してくれとたのんだ。親友のことでもあり、七日まではいらぬ金であると思って貸したが、まだ返してくれぬ。けれど今日の晩にはかならず返してくれるであろうと徳兵衛が語る。

とちょうど九平次がそこへ通りかかる。当然、徳兵衛は金を返してくれというが、九平次は金を借りた覚えがないという。徳兵衛は怒って証文を取り出すと、判がちがうという。九平次は先月の二十五日に判を落とした、その証文におしてあるのは落とした判で、徳兵衛が証文を偽造したのだろうという。徳兵衛は怒って、腕力でも金を取ってみせようとつかみかかるが、九平次とその仲間にさんざんたたきのめされる。お初はそれをみて、喧嘩のなかへ割って入るが、客にとめられ、駕籠《かご》に入れられて帰されてしまう。

徳兵衛はたしかに倫理的に欠点はないのである。近松はそれをとくに強調する。にもかかわらず、彼は、倫理的に、もはや許されない大罪を犯したということになっている。二貫目の金が、内儀の姪との結婚の契約である。この契約を解消するには、二貫目を返さねばならない。しかし、この二貫目をうることは今や絶望である。この契約が守れなかったら、彼は人非人なのである。徳兵衛は、経済的に絶望的状況に立つと同時に、倫理的にも人非人としての烙印をおされたわけである。こうして、彼の生きる道は二重に奪われてゆく。もはや、死しか彼の行き場はないのである。

徳兵衛は恋人のお初をたずねる。お初はそっと徳兵衛を入れて、縁の下に隠す。そこへ九平次がやってきて、お初をくどくが、お初は「徳様にはなれて片時も生きてゐようか。そこな九平次のどうずりめ。あはう口をたゝいて人が聞いても不審が立つ。どうで徳様一所《いっしょ》に死ぬる私《わし》も一所に死ぬるぞやいの」といいながら、足で突くと、縁の下の徳兵衛は涙をながし、お初の足を取って押し戴き膝に抱きつつ、うれし泣きに泣くのである。

男の死の理由は、二重に彼が生きる地盤を失ったゆえであった。しかし、女の死の理由は、ただひとつ、男への愛ゆえなのである。男を窮地へ追いこんだのも、男の女への愛であった。その男の愛を女はけっして空しくしないのである。そしてその男のために、その命を男に捧げようとするわけである。ここに近松は最高の倫理的行動をみている。

近松はこうした男女の愛の賛美の歌の最高の歌い手であった。『曾根崎心中』は、むしろドラマより抒情詩に近いように思われる。『心中天の網島』は、劇的要素がはるかに強い。

小春は曾根崎新地の遊女。彼女は紙屋治兵衛の思いものであったが、太兵衛により請出《うけだ》されようとしている。なぜなら、治兵衛は小《こ》商人《あきんど》、とても金持の太兵衛にかなわないからである。治兵衛は、妻おさんとのあいだに二人の子があるのに、小春に深入りし、財産をつかいつくして破産状態となりながらも、彼女のことが忘れられず、小春が太兵衛に請出されたら、死なんばかりの様子である。

治兵衛の兄孫右衛門はそれを心配し、武士に変装して、そっと小春の心をみとどけにゆく。小春の苦しい状況を助けてやろうという孫右衛門の言葉に、小春は、ただ「死にともないが第一。死なずに事の済むやうにどうぞ〳〵頼みやす」とのみいうのである。この言葉を物陰で聞いた治兵衛は、この「根性腐りの狐め」と、格子ごしに刀をつき出すが、かえってその武士に両手を障子にしばりつけられる。この姿をみて、通りかかった太兵衛はさんざん悪態をつくが、武士は逆に太兵衛をひどいめにあわせ、治兵衛の結び目をとき、仮装をといて、兄としてこんこんと治兵衛をいましめる。

治兵衛にとって、三年のあいだの小春とのことはまったく悪夢のようであった。彼があれほど愛し、女も彼を愛していると思っていたその女、彼がそのために財産を失い、家庭を失い、破滅の淵にまで臨んだその女が、まったく不実な女であったとは。治兵衛にとって、それは信じられないことであったが、それは事実であった。治兵衛はなによりもくやしかった。このくやしさにいっそう拍車をかけたのは、孫右衛門が、小春が請出されるという話を聞き、その相手は治兵衛ではないかと疑って、治兵衛をなじりに来たことであった。相手は疑いなく太兵衛である。くやしい。孫右衛門は安心して帰ったが、治兵衛は嫉妬の鬼であった。

蒲団をひっかぶって、滝のような涙を流して泣いている治兵衛に、妻のおさんは「二年のあいだ空閨にしてほっておいて、やっと夫婦らしい寝物語をしようと思ったのに、ああ情けない」と嘆いていうが、そのおさんの言葉にたいして「ああ女房よ。誤解したまうな。おれの涙はくやし涙。あの人の皮着た畜生女にだまされて、男がたたぬがくやしい、あいつは、二人が添われぬときは、もののみごとに死んでみせようといったのに、ええくやしい、口おしい」と治兵衛はいうのである。

この治兵衛の言葉に、おさんは、いうべからざる秘密をうち明けてしまった。じつは、小春に身を引いてくれるように手紙をやったのは、おさんである。その手紙に、小春はいとしい殿だが思い切るという返事をよこした。小春が冷たい態度をみせたのも、自分に対する義理ゆえである。小春はよい女である。太兵衛に請出されたら死んでしまう。今、小春を死なせたら、女の義理が立たぬとおさんはいう。

おさんのこの行為は、美しい心情の産物である。たしかにそれは、義理には義理を返すという高い倫理性をもった行為であった。しかし、この場合、倫理性はまったく逆効果であった。いったん小春から離れつつあった治兵衛の心は、このおさんの話を聞いて一目散に小春に向うのである。おおかわいそうに、いとしい小春よ、と治兵衛は小春恋しの心のかたまりとなって、いっさいの倫理性を忘却してしまうのである。彼はすぐに小春にあいにゆこうと心あせる。都合のいいことに、おさんが小春の命を助けてくれと、かくしもっていた大金を彼に渡して、正装させて治兵衛を送り出そうとする。治兵衛は、ここでまことに残酷なことをおさんにいう。小春を請出したらお前はどうするかと。するとおさんは、子供の乳母か、めしたきか、隠居なりともしようというのである。この美しい心はむしろ自己加虐の心、マゾヒズムの心に似ている。私は、純粋と称される犠牲的な愛には、どこかマゾヒズムの一面があるのではないかと思う。

そこへ、おさんの父五左衛門がやってくる。五左衛門はただわが身の利益しか考えぬ男である。治兵衛のことなど考えず、ただ娘おさんがかわいくて、おさんを早くこの道楽婿から離してしまうことだけを考える。彼はいやがるおさんを無理につれて帰ってしまう。

治兵衛は、じつは甘えん坊なのである。彼は小春を愛しながら、どこかで、おさんに深くたよっていた。しっかり者のおさんに商売いっさいをまかせ、おさんにどこかで甘えていながら、彼は小春と遊んでいたのである。いま彼は経済的な破綻者であり、倫理的にも許されない男となった。そのうえ、彼が甘えていた妻おさんからも離されてしまった。この弱い男がどうして生きてゆけるのだろうか。小春のところしか彼の行くところはない。しかも、小春とともに生きるためではなく、小春とともに死ぬために、彼は小春のところへ行くのである。そしてこの甘えた男は、小春を死の道づれにして、生きにくかった人生に別れを告げようとするのである。

この劇において、治兵衛と太兵衛は対立者である。それは恋愛における対立者であるばかりではなくて、思想的にも対立者なのである。治兵衛は、もっぱら愛欲の世界の住民である。彼は愛欲の世界に自己を見失い、経済生活と倫理生活の破綻をまねいた男なのである。それにたいして、太兵衛は経済的世界の実権者であり、経済的価値でもって愛欲の世界をも支配しようとする。太兵衛はもちろん、義理人情を重んじない倫理的世界の無視者であるが、治兵衛は結果的には、倫理的世界の犯罪者でありながら、彼は倫理的世界を犯すことに深い罪悪感を感じる良心を失ってはいない。

このような治兵衛の破滅に、悲劇的色彩を深めるのは、女二人のあいだにある倫理性なのである。いったんおさんに治兵衛をゆずった小春、そして小春に悪いと、治兵衛にふたたび小春を請出させようとしたおさん。この二人の義理人情が涙を誘うが、けっきょく、愛欲がいっさいの倫理性を克服するのである。小春は、治兵衛と死ぬ幸福をおさんにすまぬと思う。それゆえ、彼らは髪をきり、僧と尼という形になってともに死ぬというわけである。

近松は、ここでも執拗に、愛欲と倫理性との関係を追究している。みたところでは、最後に勝つのは愛欲であるかにみえる。しかし、その愛欲がけっきょく死によってしか認められないとしたら、そこで勝利するのは愛欲でなくして倫理なのではなかろうか。

道行きを支える血しぶきの彼方の浄土

道行きほど美しい文章はない。短い時間と短い空間のみが二人に許されている。この短い時間と空間のなかに彼らの全人生がこめられている。行きつく先は死なのである。彼らは、たがいに添い合い、抱き合い、もっぱら希望を死後の世界にかけるのである。今度生まれてくるときには、かならず二人いっしょに同じ蓮のうえで生まれてこようと、希望を未来に託して死ぬのである。生から死への道行きの道は、地獄の道のごとくみえる。しかし、彼らの主観において、それは極楽への道であった。一瞬の愛の幻想、こんなに愛し合った二人が、どうして今度は、いっしょに生まれてくることができないはずがあろうか。その狭い小さい道はひょっとしたら善導がえがいた二河白道《にがびゃくどう》の極楽行きの道かもしれない。きわめてきびしい愛の道を通じてのみ、極楽へ行けると近松はいうのであろうか。

近松は、二人が胸をついて血まみれになり、断末魔の苦しみにあえぐ様子を克明にえがく。それはまったく残酷な話である。しかし、この残酷の場面には、南無阿弥陀仏の念仏の声が声高くひびいている。地獄のさなかに、極楽を求める声がひびいてくる。『曾根崎心中』の結びは「未来成仏疑ひなき恋の。手本となりにけり」であり、『心中天の網島』の結びは「成仏得脱《じやうぶつとくだつ》の誓の網島心中と目毎《ごと》に。涙をかけにける」である。いずれも、あわれな男女たちよ、お前たちこそ救われるにちがいないという言葉である。『曾根崎心中』の冒頭に観音巡りがあり、その結びが、「卅三に御身を変へ色で。みちびき情《なさけ》でをしへ。恋を菩提の橋となし。渡して救ふ観世音誓は。妙《たへ》に有りがたし」である。

私は、近松の思想は一種の浄土教ではないかと思う。罪悪深重、煩悩無尽にして横様の死をとげるしか生きる道のない人間の救い。そしてその救いの条件は、彼らの愛欲の純粋さである。その純粋な愛欲と悲劇的な死こそ彼らの免罪符なのだ。彼らこそもっとも極楽へ行くにふさわしい人だと近松は信じていたかにみえる。私は、彼は若き日、心中未遂を行なわなかったとしても、心中にたいする強い憧れをいだいたことのある人ではなかったかと思う。なにかの事情で、あるいは相手の不実か、おのれの愛情の不足により、心中を彼はしなかった。しかし、心中にたいする憧れは彼の心に深く残っていたかにみえる。そしてこの憧憬が彼にみごとな心中賛美のドラマを作らせたのである。彼の魂も、内部において深く傷ついていた魂であったと私は思う。

第十章　修羅の世界を超えて（宮沢賢治）

けれども魂の深みに地獄はひそむ

私は、地獄の文学の伝統をたずねて近松まできた。『源氏物語』、『平家物語』、世阿弥、近松、これらの日本文学の最高傑作を地獄の文学という道で結ぶことは、多くの人にはまったく意外なことであったにちがいない。その道はあまりに主観的な、勝手につけられた道であると人はいうかもしれない。しかし、私は読者に願う。いっさいの先入見を離れて、事象をよくみよ。そうすれば、その道はけっして主観的につけられた道ではなく、客観的に存在した道であることがわかるはずである。

日本において、まじめに人間をみつめた文学者たちは、どこかで地獄の思想に触れた。彼らは、それぞれ独自の仕方でおのれの個性的な地獄をつくりだしたけれど、そこにはひとすじの伝統の道が続いている。さまざまな偏見のためにその道はあとかたを残さないほどおおわれていた。そのおおいを取りのぞき、そこに存在した道の姿を示すことが、この本における私の課題である。

しかし、この地獄の文学も、明治以後になると、その伝統が絶えるかにみえる。なぜなら、地獄の文学は仏教思想の影響によってつくられた文学であろうが、明治以後、われわれは明らかに仏教にたいして背を向けたからである。われわれが仏教から背を向けたとすれば、地獄の思想からも背を向けたはずである。それゆえ、日本文学における地獄思想の伝統は、明治以後きっぱりと断たれてしまったのではないか。

たしかにそのような疑問は一応成立する。しかし、私はつぎのように考える。たとえ表面的には、日本人は仏教にたいする関心を失ってしまったかにみえるにせよ、彼らはどこかに仏教的な魂をもち、したがって深く人間をみつめた文学者たちは、魂の深部においてこの地獄に対決したのではないか。

たとえば、夏目漱石は、則天去私の理想と強い自我意識との矛盾に悩みつつ、人間の心の底にひそむエゴイズムを深くみつめた作家のように思われる。無我の理想の空間の中で、エゴの地獄の深さをえぐり出すことが、『吾輩は猫である』から『明暗』にいたるまで彼の文学の一貫した主題であったように思われる。

島崎藤村は、夏目漱石と正反対の立場に立つ自然主義の作家であるとされる。自然主義はヨーロッパでは、実験科学的に人間を観察するという方法をとる。しかし、人間を赤裸々に描くということをモットーにした日本の自然主義は、けっきょく、人間の煩悩をえがいたにすぎないのではないか。藤村は、小説『新生』によって姪との情事を暴露した。そこには、懺悔《ざんげ》によって救われんとするキリスト教的信仰があったというより、煩悩即菩《ぼんのうそくぼ》提《だい》の仏教的な確信があったのではないか。

藤村の懺悔を偽善としてののしったのは、芥川龍之介であった。そこにあるのは一種の仮面、ほんとうの悩みはそこにないと芥川龍之介ははげしく藤村を非難する。おそらく、芥川はこのとき、おのれの内なる地獄の苦悩をどうすることもできないのを感じていたにちがいない。まもなく、彼はいっさいの真理と道徳に疑いをもち、人生に希望を失って自殺。懐疑地獄が彼の住家であったろうか。

明治以後においても多くの文学者のなかには地獄がある。しかし、私はここで叙述を二人の文学者、宮沢賢治と太宰治に限ろうと思う。私がこの二人を選ぶのは、地獄思想が彼らにおいてもっとも深く存在したという理由ばかりでなく、彼らの作品を私がもっとも熱心に読んだからでもある。魂に戦慄を感ぜずには、彼らの一作なりとも私は読み得なかったのである。

宮沢賢治の『法華経』信仰

宮沢賢治についてさまざまなことが語られた。ある人は彼を東洋の賢者とよび、ある人は、彼を空想的な社会主義者とよんだ。しかし、私はこの賢治の思想と行動の意味はまだ解かれていないと考える。賢治を顔回《がんかい》のような東洋の聖者に比することは、賢治のなかにおける仏教の深い意味をまったく無視することになるし、賢治を空想的社会主義者とみる見方は、自身を唯一の正しい社会主義であるかに思っている、科学的社会主義の偏見に与《くみ》することになる。賢治をマルクスのなかに没せしめるのは、賢治をあがめたつもりで、賢治を低めたことになるのである。

賢治が仏教の、とくに『法華経』の信者であったことはあまねく知られている。盛岡高等農林学校生徒であった十八歳の彼が、『法華経』を読んで以来、大乗仏教は、とくに『法華経』は、彼にとってもはや、単なる知識ではなく、彼の魂の糧《かて》というより、魂そのものになってしまった。その彼が三十七歳にしてあまりに早い死を迎えるまで、彼の生活は、このような『法華経』の信仰にそった生活であった。そして彼の詩や童話は、彼みずからいうように、このような大乗仏教の真理を説くために書かれたのである。

金のために、名誉のために、地位のために、あるいはえたいの知れぬデモニッシュな衝動のために、多量の本を書く人は多い。しかし、何人が慈悲のために書くのか。何人が仏道のために書くのか。

賢治は、現代において、まったく珍しく、書くということの本来の意味を知っている人間であった。したがって、彼の詩や童話が、すべてそういう大乗仏教の真理解明の手段として読まれねばならない。人は文学の自主性を弁護するために、いたずらに思想の文学にたいする影響に、懐疑的である。しかし、人を愛するという、あるいは慈悲を世界にもたらそうとする思想なしに、いかなるすぐれた文学が可能であろうか。

もし賢治の文学が、大乗仏教の、とくに『法華経』信仰の影響のもとに書かれたとすれば、彼の文学は、いかなる点で大乗仏教的、『法華経』的であるか。賢治が仏教信者であることが強調されながら、そのような問いは今までほとんど問われていない問いである。それは、一方において賢治研究者が仏教についてまったくの無知であり、他方において仏教研究者が賢治についてまったく無知であったからである。しかし、こういう問いが問われることなしに、賢治の文学のもっている意味はまったく理解されないのだ。

私はこの問いにたいしても、ここでいささか大胆すぎるように思われる仮説をあげよう。賢治の大乗仏教、とくに『法華経』からの影響は、つぎの三点であろう。

(1) 生命の思想
(2) 修羅の思想
(3) 菩薩の思想

そしてこの三つの思想は、いずれも天台思想が含む思想であり、それが、日蓮を通じて賢治に伝わったものであるとともに、この三つの思想によって、賢治の全思想は、だいたい、つくされるのではないかと思う。生命の思想から説明しよう。

わたくしといふ現象は
仮定された有機交流電灯の

ひとつの青い照明です
（あらゆる透明な幽霊の複合体）
風景やみんなといつしよに
せはしくせはしく明滅しながら
いかにもたしかにともりつづける
因果交流電灯の
ひとつの青い照明です
（ひかりはたもち　その電灯は失はれ）
（中略）
これらについて人や銀河や修羅や海胆は
宇宙塵をたべ　または空気や塩水を呼吸しながら
それぞれ新鮮な本体論もかんがへませうが
それらも畢竟こゝろのひとつの風物です
たゞたしかに記録されたこれらのけしきは
記録されたそのとほりのこのけしきで
それが虚無ならば虚無自身がこのとほりで
ある程度まではみんなに共通いたします

(すべてがわたくしの中のみんなであるやうに
みんなのおのおののなかのすべてですから)

詩集『春と修羅』の第一集の「序」のなかの一節である。この「序」は、この詩集のなかにおさめられた多くの詩と同じく、はなはだ難解である。この難解な「序」は、彼の詩と同じく、未だほとんど正確に読まれていない。賢治はこの「序」を「歴史や宗教の位置を全く変換しやうと」するものという。未だほとんど解かれていないこの「序」の正確な意味はなにか。この「序」のなかに、どのようにして「歴史や宗教の位置を全く変換」する思想がかくれているのか。もとより私は、この「序」の正確な意味を解し得たという自信はないが、ここでひとつの解釈を試みてみよう。

「わたくしといふ現象」という言葉でこの文章ははじまる。私はどうして現象であるのか。現象という言葉は、実体という言葉に対比される。「わたくしといふ現象」の背後にある実体はなにか。この実体を、賢治は宇宙的生命であると考えている。しかもふつう実体というのは、静止して動かないものをさすが、現象の背後にある宇宙的生命は、たえず動いて発展してゆく。そういう動いてやまぬ宇宙的生命のひとつのあらわれが、私であるというのである。

すでにここにおいて、賢治は明治以来の大多数の日本の文学者と世界観を異にする。明治以後、多くの日本人はヨーロッパ的世界観をうけ入れる。そして自然を物理的化学的物質としてみる。物質でないもの、それは人間であり、人格である。その人格を大切にせよ、物理的化学的な物質主義と人格主義的な人間主義、それが近代人の世界観であり、人間観である。そこで私は、一個の人格であるか、それとも物質の集りかである。

こういう世界観、人生観に、賢治は否という。人間は物理的化学的な物質でもなく、人格でもない。人間は、自然の大生命のあらわれのひとつにすぎない。人間の意識といえども、自然の大生命の自己意識にすぎない。自然の大生命は、大きな流れである。その流れはいくつかのおのれ自身をみる眼をもつ。それが人間や動物の意識である。

賢治はこの詩で、電灯という言葉を使う。それは、自然の大生命がもつ意識の比喩であろう。自然の大生命は、いくつかの意識を仮定する。そしてその意識はあるあいだともり、あるあいだ消えてゆく。個人としてわれわれの意識は、青色の光をもやしながら、ある期間ともり、また消えてゆくけれど、宇宙的生命の意識は全体としてひかりを保ちつづける。ひとつひとつの意識は、このような世界において、自分の世界を中心にして、ひとつの本質世界を考えるが、けっきょく世界は多くの意識の窓をともなう大生命の流れである。ひとつひとつの意識はそのように独自な仕方で宇宙をうつすが、それは、けっきょく宇宙を貫くひとつの大生命のあらわれにすぎない。

「すべてがわたくしの中のみんなであるやうに／みんなのおのおののなかのすべてですか

ら」

この言葉は、むしろ一念三千の思想を思い出させる。世界は、ひとつの大生命の流れであるとともに、ひとつひとつの世界のなかに、大生命の世界がそれ自身として宿っている、すべてがひとつであるとともに、ひとつのもののなかにすべての世界が宿っているのである。

それゆえこの「序」の言葉は、われわれがヨーロッパから学んだ近代的世界観、人間観から、仏教的世界観、人間観への完全なる「変換」を告知する言葉なのである。賢治が「歴史や宗教の位置の変換」とよんだのはそういう意味であろう。仏教的世界観と近代的世界観のもっとも基本的対立がそこにある。大乗仏教においては、自然から人間までを貫く生命を考えて、その生命を仏とよび、その生命の崇拝をその教説の中心にしてきた。しかし、近代思想では、このような生命の思想はほとんど忘れられてしまった。すべてのものを物質と人格の二極に分化して考えた近代思想からみれば、生命はどちらにも属しがたいものになってしまった。人格をもった人間と、物理的化学的物質に化したもののあいだには、大きな断層が生じたのである。この断層は、デカルトの二元論が負うべき断層であると同時に、近代思想全体が負わねばならぬ断層でもあった。

賢治の世界観は、このような世界観とまったくちがった世界観であった。この世界は大生命のあらわれ、この大生命は天地自然に、山川のなかにも、植物のなかにも、動物のなかにも、人間のなかにもあらわれているのではないか。しかもこの大生命は、全体としての生命の存続と発展をはかる善なる意志をもっている。そしてこのような意志が、われわれの心のなかに現に今、実在している。それが仏心なのである。

『法華経』のなかには、このような永遠の生命論が含まれている。十八歳の賢治は、『法華経』の、とくに「寿量品《じゅりょうぼん》」を身ぶるいしながら読んだという。仏は、今もなお存在している。その永遠の生命は、今もなおいたるところに存在し、くりかえしくりかえし、この世に現われてくるのである。この雄大なる思想が賢治をとらえ、賢治の魂となった。

宇宙にみなぎる生命の光

われわれは、賢治が詩と童話を書き、小説というものを書かなかったことに注意する必要がある。賢治はなぜ小説を書かずに詩と童話を書いたのか。賢治は小説を書くことができなくて、やむなく詩と童話を書いたのであろうか。日本の近代文学を、小説を中心にみる考え方をとり、すべての才能ある文学者はかならず小説家になるにちがいないという見方からは、このような見解が生じよう。しかし、賢治は小説が書けなくて、詩や童話を書いたのではない。彼は自己の世界観の必然から、詩と童話を書いたのである。

彼にとって、明らかに、動物も植物も山川も人間と同じ永遠の生命をもっているはずであった。その生命の真相を語るのに、どうして、人間世界のみを語る小説という形をとる必要があろう。ヨーロッパの近代小説のなかには、避くべからざる人間中心主義の思想が存在しているかにみえる。しかし、賢治の世界は汎宇宙的生命の世界である。人間中心主義の限界をまぬがれない小説では、こうした世界を表現することは困難なのである。

賢治の童話に出てくる動物を、『イソップ物語』に出てくる動物とくらべるがよい。そこにはおのずと意味のちがいがある。イソップでは動物は人間の比喩にすぎない。狐はズルイ人間の、シシは強い人間の比喩にすぎない。イソップは動物をつかって、人間世界を風刺したにすぎない。賢治の童話は、イソップの童話とまったく違った精神のうえにつくられている。そこでは、動物は人間と対等な意味をもつ。動物も人間と対等な同じ生命をもっているのである。そして、そこでえがかれるのは、動物と人間が共通にもっている生命の運命である。賢治は、童話によって人間世界を風刺して、人間世界を改良しようとしたのではない。むしろ、人間が動物をはじめとする天地自然の生命と、いかにして親愛関係に立つべきかを示したのである。

「えゝ、さうです。本たうはどんなものでも変らないものはないのです。ごらんなさい。向ふのそらはまつさをでせう。まるでい丶孔雀石のやうです。けれども間もなくお日さまがあすこをお通りになつて、山へお入りになりますと、あすこは月見草の花びらのやうになります。それも間もなくしぼんで、やがてたそがれ前の銀色と、それから星をちりばめた夜とが来ます。

その頃、私は、どこへ行き、どこに生れてゐるでせう。又、この眼の前の、美しい丘や野原も、みな一秒づつけづられたりくづれたりしてゐます。けれども、もしも、まことのちからが、これらの中にあらはれるときは、すべてのおとろへるもの、しわむもの、さだめないもの、はかないもの、みなかぎりないいのちです。わたくしでさへ、たゞ三秒ひらめくときも、半時空にかゝるときもいつもおんなじよろこびです」（『めくらぶだうと虹』）

虹が、自己を卑しめるめくらぶどうに語る言葉である。自然のなかにあるすべてのものは、はかない生命である。すべてはすぎさる。しかし、まことの力があらわれるとき、そのはかない生命が、そのままかぎりないいのちである。瞬間の中に無限に光り輝く生命がある。その無限に豊かな生命を生きる。ただいまの瞬間に全宇宙の生命が、生きられるのである。

仏教を無常感でしかとらえられない人は賢治のこの一節を読むがよい。無常感は、仏教の前提である。むしろ仏教が語りたいのは、無限の生命、大宇宙にみなぎる不思議な生命の輝きである。賢治のすべての詩や童話のなかには、こうしたおのれを大宇宙の生命と一体として感じる魂の恍惚が秘められている。わがいのちのなかに世界があり、世界のなかにわがいのちがある。瞬時の生命を無限に豊かに、無限に深く光り輝かせ。それが仏教でいう荘厳《しょうごん》世界なのである。生命のひとつひとつが、永遠の光をみごとに輝かせている。その生の光の尊さを見たまえ。

賢治は、しばしば奇妙な踊りを踊ったと伝えられる。賢治の踊りはまことに奇妙な踊りであったが、彼があまりに真剣に踊るので、みている人は笑えなくなってしまったと伝えられる。彼の踊りの意味がわかるか。ここで大宇宙の生命そのものが、ひとつの踊りと化したのであった。賢治のなかに、宇宙的意志が宿ったのである。宇宙的意志と一体となった喜び、その喜びは、生に対する偉大なる祝祭である。生がどんなに不幸や悲惨にみちていようとも、生はその根源において、宇宙的生命であり、その宇宙的生命と一体となるとき、生は軽い、あまりにも軽い舞踏を踊るのではないか。

賢治は、そのような軽い生の舞踏の意味、大乗仏教が生の祝祭として考え出した軽やかな舞踏の意味をだれよりもよく知っていた。

修羅にあることの悲しみ

このように、賢治はひとつの眼で深く、仏の世界、大生命の現われとしての自然の世界をみていたが、他の眼で彼は修羅の世界をじっとみていた。

　こんなにみんなにみまもられながら
　おまへはまだここでくるしまなければならないか
　ああ巨きな信のちからからことさらにはなれ

また純粋やちひさな徳性のかずをうしなひ
わたくしが青ぐらい修羅をあるいてゐるとき
おまへはじぶんにさだめられたみちを
ひとりさびしく往かうとするか
信仰を一つにするたつたひとりのみちづれのわたくしが
あかるくつめたい精進《しやうじん》のみちからかなしくつかれてゐて
毒草や蛍光菌のくらい野原をただよふとき
おまへはひとりどこへ行かうとするのだ
（おら　おかないふうしてらべ）
何といふあきらめたやうな悲痛なわらひやうをしながら
またわたくしのどんなちひさな表情も
けつして見遁さないやうにしながら
おまへはけなげに母に訊《き》くのだ
（うんにや　ずゐぶん立派だぢやい
　けふはほんとに立派だぢやい）
ほんたうにさうだ
髪だつていつそうくろいし

まるでこどもの苹果《りんご》の頬だ
どうかきれいな頬をして
あたらしく天にうまれてくれ
《それでもからだくさえがべ？》
《うんにゃ　いつかう》
ほんたうにそんなことはない
かへつてここはなつののはらの
ちひさな白い花の匂でいつぱいだから
ただわたくしはそれをいま言へないのだ
（わたくしは修羅をあるいてゐるのだから）
わたくしのかなしさうな眼をしてゐるのは
わたくしのふたつのこころをみつめてゐるためだ
ああそんなに
かなしく眼をそらしてはいけない

（「無声慟哭」）

大正十一年、二十六歳の賢治はひとつ年下の妹、とし子を失った。外にはみぞれが降って、へんにあかるい日であった。高熱にうなされるとし子は、一椀の雪をとってくれと賢治にたのむ。賢治は、雪のなかへてっぽうだまのようにかけだして、涙ながらに雪を椀に盛る。このまっ白い美しい雪よ、どうか兜率《とそつ》の天（弥勒の浄土）の食に変わって、生まれ変わる妹の聖《とうと》い食糧になってくれと、賢治は願う。

賢治は、妹がきっときっと天に生まれ変わるにちがいないと思う。「（うまれでくるたて／こんどはこたにわりやのごとばがりで／くるしまなぁよにうまれでくる）」（「永訣の朝」）。今度生まれてくるときは、こんなに自分のことばかりで苦しまなくてもすむように生まれてくるという意味である。

こうした、あまりに菩薩的な言葉を語ったとし子が、天に生まれ変わらぬはずはないと賢治は堅く信じるけれど、こういう妹の幸福を、彼は心から祝福することができないのだ。なぜなら、彼自身「巨きな信のちからからことさらにはなれ／また純粋やちいさな徳性のかずをうしなひ」「青ぐらい修羅をあるいてゐる」からだ。修羅を歩いている賢治が、清潔な妹の天への出発をどうしても心から祝福することができない。愛するひとりの妹にたいする最後のはなむけは、彼自身の信仰なのだ。仏を信じて天へ行け、けれど、それを彼はいえない。いえない彼は、悲しげにおのれの心をみつめるのだ。そしてとし子も、ああ悲しいことに、とし子も、賢治の心を、修羅を歩いている賢治の心を知って、賢治から眼をそむけるのである。

賢治の世界は、一方では、大生命の世界であり、恍惚の世界であると私はいった。しかし、賢治の心のなかには、大きな悲しみがある。こんにち残っている賢治の写真には、どれもこれもいいようのないような悲しみの表情があらわれている。純粋な眼で、彼は生きとし生けるもののなかにある深い悲しみをみつめている。仏の心と修羅の心、賢治は、世界の底にある仏を信じながらも、なお修羅の世界をみつづけなければならなかった。人びとは多く修羅を歩いている。そして自分もまた修羅を歩いているではないか。賢治の眼が、深い悲しみにつつまれているのも無理はない。

賢治の詩集は、すべて「春と修羅」という題名がつけられている。大正十三年に『春と修羅』という詩集を出した賢治は、のちの詩集もまた『春と修羅』第二集、『春と修羅』第三集と名づけた。「春と修羅」という題名に賢治はあくまでもこだわったのである。私は、「春」は賢治にとって、時間のなかにうつりゆきつつ、しかも永遠の生命の輝きを輝かす自然の表現であったと思う。これに「修羅」。二つの世界と、それをみつめる二つのこころが、彼の詩の主題であったのである。

修羅は六道のなかの、ひとつの世界であった。なぜ賢治は、六道の世界のなかから修羅をとり出し、それに深い意味を与えたか。この問いは、賢治の世界観の根底にかかわる問題である。修羅の世界を少し観察することにしよう。

よだかはじつにみにくい鳥です。名前はよだかという鷹の親戚のような鳥ですが、じつはよだかはあの美しいかわせみや、鳥のなかの宝石のような蜂すずめの兄さんなのです。

けれど、よだかのはねが強くて、風を切って翔《か》けるとき、鷹のように見えることと、なきごえが鷹に似ているのでよだかという名をつけられたのです。鷹は、それをいやがって、よだかに名前を改めろ、改めないとつかみ殺してしまうとおどすのです。

よだかは不安になってくらくなった空にとび出します。一匹の甲虫《かぶとむし》がよだかの咽喉《のど》にはいって、ひどくもがきました。よだかはすぐにそれをのみこみましたが、その時なんだかせなかがぞうっとしたように思いました。多くの羽虫とともにまた一匹甲虫がのどにはいりました。よだかは悲しくなって大声をあげて泣き出しました。泣きながらぐるぐるぐるぐる空をめぐったのです。

「（あ丶、かぶとむしや、たくさんの羽虫が、毎晩僕に殺される。そしてそのたゞ一つの僕がこんどは鷹に殺される。それがこんなにつらいのだ。あ丶、つらい、つらい。僕はもう虫をたべないで餓えて死なう。いやその前にもう鷹が僕を殺すだらう。いや、その前に、僕は遠くの遠くの空の向ふに行ってしまはう。）」

よだかは、お日さまに向ってとびます。

「お日さん、お日さん。どうぞ私をあなたの所へ連れてって下さい。灼けて死んでもかまひません。私のやうなみにくいからだでも灼けるときには小さなひかりを出すでせう。どうか私を連れてって下さい」

とよだかはお日さまにたのみますが、お日さまは、「お前はよだかだな。なるほど、ずゐぶんつらからう。今夜そらを飛んで、星にさうたのんでごらん。お前はひるの鳥ではないのだからな」といいました。

夜になって、よだかは、西の空にとびながら「西の青じろいお星さん。どうか私をあなたのところへ連れてって下さい」とたのみます。けれど、西の美しいオリオンは勇ましい歌を歌いつづけながら、てんで相手にしませんでした。よだかはまた、南の大犬座のほうへまっすぐにとびながら、「どうか私をあなたの所へつれてって下さい」とたのみます。しかし、大犬は「馬鹿を云ふな。おまへなんか一体どんなものだい。たかゞ鳥ぢゃないか。おまへのはねでこゝまで来るには、億年兆年億兆年だ」といいます。よだかはまた北の大熊星にたのみます。しかし大熊はしずかに「余計なことを考へるものではない。少し頭をひやして来なさい」といいます。よだかはがっかりして、よろよろ落ちて、それからまた四へん空をめぐりました。けれどもういちど勇気を出して東から今のぼったばかりの天の川の向う岸の鷲の星にたのみます。しかし鷲の星は「とてもとても、話にも何にもならん。星になるには、それ相応の身分でなくちゃいかん。又よほど金もいるのだ」といいます。「よだかはもうすっかり力を落してしまって、はねを閉ぢて、地に落ちて行きました。そしてもう一尺で地面にその弱い足がつくといふとき、よだかは俄かにのろしのやうにそらへとびあがりました。そらのなかほどへ来て、よだかはまるで鷲が熊を襲ふときするやうに、ぶるっとからだをゆすって毛をさかだてました」

よだかは、夜の空に星をめがけてまっすぐに昇ってゆきました。

「寒さや霜がまるで剣のやうによだかを刺しました。よだかははねがすっかりしびれてしまひました。そしてなみだぐんだ目をあげてもう一ぺんそらを見ました。さうです。これがよだかの最后でした。もうよだかは落ちてゐるのか、のぼってゐるのか、さかさになってゐるのか、上を向いてゐるのかも、わかりませんでした。たゞこゝろもちはやすらかに、その血のついた大きなくちばしは、横にまがっては居ましたが、たしかに少しわらって居りました。

それからしばらくたってよだかははっきりまなこをひらきました。そして自分のからだがいま燐の火のやうな青い美しい光になって、しづかに燃えてゐるのを見ました。

すぐとなりは、カシオピア座でした。天の川の青じろいひかりが、すぐうしろになってゐました。

そしてよだかの星は燃えつゞけました。いつまでもいつまでも燃えつゞけました。

今でもまだ燃えてゐます」

私はこの『よだかの星』という童話は、近代日本文学が生みえたもっとも美しい、もっとも深い、もっとも高い精神の表現ではないかと思う。

すべての生きとし生けるものの世界は殺し合いの世界、修羅の世界である。甲虫や羽虫がよだかに殺される。よだかもまた鷹にたったひとつしかない命をうばわれようとしている。それが賢治の現実の世界にたいする根本直観である。賢治は、くりかえしくりかえし、こういう修羅の世界をテーマにして童話をつくる。『なめとこ山の熊』は、熊との間に、憎悪より愛情をいだき合いながら、生活のために熊をとらざるをえなかった小十郎が、熊に殺されることによって救われる話である。『二十六夜』は、人間の子供のいたずらによって殺された、罪のないふくろうの子の話である。ふくろうの世界にも仏道があり、菩薩がある。こういうふくろうの世界の菩薩心を背後にしながら、残虐きわまりない人間の姿を賢治はみせる。『注文の多い料理店』は、動物を虐殺することを趣味とする鉄砲をかついだ英国紳士風の二人の東京人が、山のおくで山猫に食われようとする話である。ここで賢治は、殺し合いの文明に警告を発している。修羅のなかの修羅、殺人者のなかの殺人者、汝人間よ、やがて汝も食われ、殺されようとしているのではないかと。

『よだかの星』は、こうした修羅の世界をテーマにした童話のなかでも、もっとも美しく、もっとも深く賢治の思想が表現されている童話である。

よだかが泣きながら夜の空をめぐる。ぐるぐるぐるぐる。ここによだかの悲しい反省の心がこめられている。どこへも、どこへも行き場のない不安な心。殺し合いの世界から離れんとして、しかも殺し合いの世界しか行き場のないよだかの苦しみ。

よだかのとんでゆく日や星とはなんであろうか。私は、それをキリスト教的に神の国と名づけようが、仏教的に浄土と名づけようが、あるいは近代主義的に理想国と名づけようが、どちらでもよいと思う。とにかくそれはひどく遠いうえに、よだかのようなみにくい鳥が行くべき資格のない国なのである。ここでよだかの絶望は二重である。彼は現世に絶望していると同時に、来世に絶望している。いっさいの来世が、よだかの入場を冷たく拒絶しているのである。こうして、二重の絶望にかりたてられたよだかの行く道はただひとつ、殺し合いの世界を離れて、理想の国へとまっしぐらに絶望的な死の飛翔を試みることである。

賢治は、こうした死の飛翔の価値を信じている。悲しいよだかの心よ、ひとすじの純粋な信仰よ、お前がどうして救われぬことがあろうか。死んだよだかから青い火が燃え、よだかはひとつの星となる。よだかが星になったかどうかわからない。しかし賢治は、よだかがひとつの星となったとせずにはおられなかった。よだかが星とならずに、どうして星となるものがあろうか。「(まことのことばはここになく／修羅のなみだはつちにふる)」。賢治は彼みずからが自己の詩のなかで、もっとも重要な詩と考えたにちがいない「春と修羅」という題の詩で、こう語る。修羅は賢治にとって、涙を流すものであった。なぜ修羅は泣かねばならないのか。

人間ばかりか、すべての生きとし生けるものは、すべて殺し合いの世界、修羅の世界に生きている。それゆえ、この世界に生まれた「おれはひとりの修羅なのだ」。そして、おれという修羅は他の多くの修羅と同じように、「唾《つばき》し　はぎしりゆききする」。しかし、おれという修羅は、ちょうど夜の空をぐるぐるぐるまわるよだかのように、この修羅の世界全体に大きな絶望をいだいている。修羅の心でもって、この世界全体に怒っている。ここには、まことの言葉はない。ここは仏の世界ではない。こうしておれは、修羅の世界のさなかにありながら、修羅の世界に「唾し　はぎしりゆききする」ひとりの修羅として、その心に大きな悲しみをもっている。そしてその修羅の心にうつっているものは、「すべて二重の風景」である。彼は一面、この「いちめんのいちめんの諂曲《てんごく》模様」を見つつ、一面、「れいろうの天の海には／聖玻璃《せいはり》の風が行き交」う風景をみるのである。この二面性が、賢治の世界である。そこからいっさいの賢治の作品が理解されねばならない。

すべてを貫く菩薩行

ここでひとつの問いが生じる。この修羅の世界を離れて仏の世界に行くには、どうしたらよいか。よだかの死の飛翔もその方法かもしれない。しかし、事象を賢治にそってよくみてみよう。賢治は、おのれを殺す利他の行によってのみ、仏の世界へ行けると考えていたようである。他のためにおのれの命をささげること、おのれを空しゅうして他人のためにつくすこと、もちろんそれは、大乗仏教の菩薩行の理想である。人は法隆寺の玉虫厨《たまむしのず》子《し》にえがかれた「捨身飼虎《しゃしんしこ》の図」を知っている。釈迦の前身であるといわれた薩埵太子《さったたいし》が崖から身を投げて、飢えた虎におのれを与えたというのである。賢治のなかに流れていたのは、捨身飼虎の精神なのである。賢治は、いかにしばしば、この身を捨てて、他を利した人間や動物の話を語っていることか。

「い ゝえ。私の命なんか、なんでもないんです。あなたが、もし、もっと立派になりになる為なら、私なんか、百ぺんでも死にます」（『めくらぶだうと虹』）

めくらぶどうは虹にいうが、この言葉は、賢治の作品において、しばしば、くりかえされる言葉である。実際、グスコーブドリは、凶作を救うために火山島を爆発させて死に、カムパネルラは溺れるザネリを助けるために死ぬ。他人の幸福のために死ぬことが、賢治の一生を通じての大きな理想であったように思う。結核でまさに死の床についている賢治は、姪の幼児が階下で咳《せき》して泣いているのを聞く。あの室は寒い室で、かわいそうに、あの子はよき部屋を私にとられて、ひとり床に泣きせくばかり。

あゝ大梵天王こよひはしたなくも
こゝろみだれてあなたに訴へ奉ります
あの子は三つではございますが
直立して合掌し
法華の首題も唱へました
如何なる前世の非にもあれ

たゞかの病かの痛苦をば私にうつし賜はらんこと
（「この夜半おどろきさめ」）

死の苦悩にあえぐ賢治が、他人の苦悩をおのれの身に引きうけ、おのれの命をちぢめてまでも、幼児の苦悩を救おうと願っているのである。

実際、賢治の一生は、この菩薩行の実践であった。人間への慈悲のためにのみ、彼は多くの作品を書いた。修羅の世界から人間を連れもどし、仏の世界へ人間を帰すこと、それのみが彼の念願であった。実際、貧しい農民のために、無償で土壌の分析をし、肥料の改良をして、飢えから農民を守った。しかも彼は、生きものへのあわれみのために、菜食主義を実行していた。生きているものが生きているものをどうして食べられるというのだろうか。きわめてとぼしい栄養によっておのれを養いつつ、超人的な利他の労働を、しかも大きな慈悲の喜びをもってする。そういう生活がどんなに歓喜にみちていようとも、彼の身心を疲労させせないはずはない。

彼は、このような利他愛の菩薩行のために死んだ。賢治の一生は利他行の実践であり、科学は彼にとってこの利他行の手段であり、文学は彼にとって、この利他行の表現にほかならなかった。

賢治の菩薩行の精神も、最澄の仏教の伝統のもとに立つ。空海は、最澄の「法華（天台）と真言に優劣はないはずだ」という言葉にたいして、「真言は自利、天台は利他をもとにしている。私は真言の醍醐《だいご》を耽執《たんしゅう》して、未だ随他の薬を噉嘗《たんしょう》するひまはない。利他の事はことごとくあなたにゆずりたてまつる」と答える。私は、『性霊集』においてこの言葉を読んだとき、愕然たる思いであった。なんという大胆なことをいうのだろう。おそらく空海には、あの最澄の悲しげな顔がみえていたにちがいない。いつも世界や他人を救わんと、いささか大きすぎる悲願におのれを苦しめ、不正に怒り、自己反省に悩み、いつも倫理的厳格主義と人類に対する同情とにおのれをしばりつけているような最澄の悲しげな顔が彼の眼にうつっていたにちがいない。生の真相はそれでわかるか。生の真相は、もっと自由な笑いであり、踊りではないか。あの悲しげな顔は、生の真相の深い知恵に到達できない顔ではないか。

私は、空海の語った生の深い知恵を好む。しかし、あの利他の願いにみちた最澄の悲しみにみちた眼をも忘れられないのである。そして賢治の眼は、最澄の悲しげな眼に似ている。賢治は最澄からあまりにも多くのものを学んだ。『法華経』を中心として生命哲学を、そして、修羅の思想と利他の菩薩行を最澄から賢治は学んだ。日蓮は、最澄のこういう教えをうけて、『法華経』信仰を中心とした新しい生命の思想をつくりだした。賢治は日蓮から多くの教説を学んだ。しかし私は、賢治の思想は、教えの父、日蓮より、教えの祖父、最澄の思想に近いのではないかと思う。賢治には日蓮のような予言者的獅子吼はないし、あの排他的な『法華経』信仰はない。賢治は、修羅の世界への凝視と利他の思想の悲しさにおいて、教えの祖父、最澄の直接の後継者であるようにみえる。

私は、この賢治の眼がたまらなく好きだ。修羅の世界の真相をみつめる彼の眼はかぎりなく鋭い。修羅、それが動物の世界の真相、とくにヨーロッパ文明の真相なのだ。この修羅の世界をまぬがれることなしに、人間は救われまい。やがては修羅の世界は破滅にいたる。それを賢治はだれよりも深く洞察しているかにみえる。そして修羅の世界を超えて仏の世界へ、しかし道は遠いのである。星はいつまでたっても近くはならないのである。こういう世界を実現する方法は、ただひとつ、利他の菩薩行をすることのみであると賢治は命じる。

夜の湿気と風がさびしくいりまじり
松ややなぎの林はくろく
空には暗い業の花びらがいつぱいで
わたくしは神々の名を録したことから
はげしく寒くふるへてゐる

ああたれか来てわたくしに言へ
「億の巨匠が並んでうまれ

しかも互に相犯さない
明るい世界はかならず来る」と
……遠くでさぎが鳴いてゐる
夜どほし赤い眼を燃して
つめたい沼に立ち通すのか……
（「業の花びら」）

世界は未だ夜である。修羅の夜である。そこには業の花びらがいっぱい咲いているのである。しかし夜は必ず明けるはずである。億の巨匠が並んで生まれ、しかもたがいに相犯さない理想の世界は必ずくる。しかしその世界は遠い。遠く遠く、はてしなく遠い。賢治は、その遠い世界を待ちながら、夜どおし赤い眼をしてないている一羽のさぎなのだ。

しかし、賢治はただ、遠い世界を待ちのぞみ、赤い眼をしてないている一羽のさぎにとどまらなかった。彼はそういう世界の実現のために命を賭した。まだ、世界の修羅という性格が、だれの眼にも明らかにならなかった時代において、賢治は、この世界の本質を見通し、その世界のおくにある仏の世界を人間どもに説いた。人間どもはこの賢治の説いた教えの深さを誰もまだほとんど気づいていない。そして賢治を、東洋の賢者とか民俗詩人とかよんで、賢治を理解したと思っている。しかし、賢治の思想はけっしてそのようなものではない。

赤い眼をした一羽のさぎは、利他の行のために死んだ。そしてそのさぎは、きわめてなにげなく、現代世界の矛盾について警告を与える。滅びは近い、文明は生まれ変われ、とそのさぎはないた。

赤い眼のさぎの言葉はかぎりなく深い。

第十一章　道化地獄（太宰治）

堕地獄の苦悩と含羞の弁明

「たけは又、私に道徳を教へた。お寺へ屢々連れて行つて、地獄極楽の御絵掛地を見せて説明した。火を放《つ》けた人は赤い火のめらめら燃えてゐる籠を背負はされ、めかけ持つた人は二つの首のある青い蛇にからだを巻かれて、せつながつてゐた。血の池や、針の山や、無間《むけん》奈落《ならく》といふ白い煙のたちこめた底知れぬ深い穴や、到るところで、蒼白く痩せたひとたちが口を小さくあけて泣き叫んでゐた。嘘を吐けば地獄へ行つてこのやうに鬼のために舌を抜かれるのだ、と聞かされたときには恐ろしくて泣き出した。

そのお寺の裏は小高い墓地になつてゐて、山吹かなにかの生垣に沿うてたくさんの卒堵婆が林のやうに立つてゐた。卒堵婆には、満月ほどの大きさで車のやうな黒い鉄の輪のついてゐるのがあつて、その輪をからから廻して、やがて、そのまま止つてじつと動かないならその廻した人は極楽へ行き、一旦とまりさうになつてから、又からんと逆に廻れば地獄へ落ちる、とたけは言つた。たけが廻すと、いい音をたててひとしきり廻つて、かならずひつそりと止るのだけれど、私が廻すと後戻りすることがたまたまあるのだ。秋のころと記憶するが、私がひとりでお寺へ行つてその金輪のどれを廻して見ても皆言ひ合せたやうにからんからんと逆廻りした日があつたのである。私は破れかけるかんしやくだまを抑へつつ何十回となく執拗に廻しつづけた。日が暮れかけて来たので、私は絶望してその墓地から立ち去つた」

太宰治の最初の小説集『晩年』のなかの「思ひ出」の一節である。

幼年時代の太宰治の頭に、地獄絵が強烈に焼きつけられる。女中のたけは太宰治に道徳教育のために、地獄絵をみせたのである。悪いことをすれば地獄へ落ちます、それが女中たけの教育的意志であった。しかし、ここでは、この教育的意志は逆効果を生んだ。地獄絵は彼の頭に強烈な印象を与え、その強烈な印象は深い暗示を彼に与えた。けっきょく俺は地獄行きか。彼は地獄絵図の示す方向に彼の人生を追ってゆく。

私は、秋の夕、田舎の寺で鉄の輪を懸命になって廻している太宰のことを思う。どれを廻しても、みないい合わせたように逆廻り。地獄行きだ。少年は泣き出さんばかりに輪を廻す。

この話も、ひょっとしたら太宰のつくり話であるかもしれない。二十五歳の彼が今までの生活をふりかえり、地獄へ行かざるをえないおのれ自身を省みて、つくりだした話かもしれない。しかしこれを書いたときから、四十歳のとき、彼が玉川上水にとびこんで、自殺をするまで十数年、彼の生活は、ますます深まりゆく地獄であった。

「いまは自分には、幸福も不幸もありません。

ただ、一さいは過ぎて行きます。

自分がいままで阿鼻叫喚で生きて来た所謂『人間』の世界に於いて、たつた一つ、真理らしく思はれたのは、それだけでした。

ただ、一さいは過ぎて行きます」（『人間失格』）

二十五歳の太宰は、すでに地獄がおのれの運命であるのを知っていた。しかし、それから地獄はますます深くなる。私は、源信の『往生要集』において、八種の地獄が、等活《とうかつ》、黒縄《こくじょう》、衆合《しゅごう》、叫喚、大叫喚、焦熱、大焦熱、阿鼻の八つの地獄があることを知った。亡者は罪を重ねることにより、つぎつぎと深い地獄へ落ちてゆく。太宰の一生も、このようにつぎつぎと深い地獄へ落ちこみ、無間奈落《むけんならく》であえぐ亡者に似ていた。もちろん彼が、この地獄より超出の意志をもっているには、もっていたにちがいない。しかし彼が、この地獄から超出しようとすればするほど、彼はかぎりない罪悪と醜行を犯し、彼の意志とは逆に、一日一日、深い地獄へ落ちてゆく。

『父』『ヴィヨンの妻』『おさん』『斜陽』『人間失格』などの作品には、地獄という文字が、数多くみられる。彼の生活が一日一日地獄と化してゆく。この地獄から脱出、死。その死の前に彼は、所詮地獄でしかなかったおのれの一生をふり返る。それが『人間失格』であろう。

「自分には、禍《わざは》ひのかたまりが十個あつて、その中の一個でも、隣人が背負つたら、その一個だけでも充分に隣人の生命《いのち》取りになるのではあるまいかと、思つた事さへありました」

苦悩、まったく特殊な太宰治ひとりだけが背負わねばならぬ苦悩、その苦悩について、彼は語り、その苦悩のために彼は死んだ。私はここでこの太宰治の苦悩について考えたい。苦悩について考えると私がいったら、太宰はひどく怒るにちがいない。汝パリサイの徒、人の苦悩を白い眼でみて、みずから苦悩しようとしない人間ども、汝苦悩の行商人、地獄の観光業者、汝こそ地獄へ行け。太宰の墓のなかから、こんな声が聞こえてくるような気がする。私は、このたぐい稀な地獄の苦悩を背負った太宰治の誠実さに頭をさげる。けれど、そこにはなにかが足りない。極楽はなく、地獄のみがある生の風景には、なにかが不足していると思う。それはなにか。そういう問いをもって私は、太宰の地獄をたどってみることにしたい。

彼は『人間失格』の終りに、二十七歳で地獄の一生を終った大庭葉蔵を、知り合いのバーのマダムに回顧させる「あとがき」をつける。このあとがきは不要であるかにみえる。小説として、大庭葉蔵の手記だけでじゅうぶんではないか。なぜあとがきが必要なのか。このあとがきは、何気なさそうにいったマダムの言葉が書きたかったからではないかと思う。「私たちの知つてゐる葉ちやんは、とても素直で、よく気がきいて、あれでお酒さへ飲まなければ、いいえ、飲んでも、……神様みたいないい子でした」。何気なさそうにマダムはいったと書いてある。まったく何気なさそうな言葉である。けれど、そこに太宰の作品をとく鍵があるのである。「大庭葉蔵はあんなに多くの愚行と醜行を演じたけれど、ほんとうは神様みたいな人間」、これが全作品をあげて太宰がいいたかった一言なのであろう。羞恥心の強い彼は、それをことさらにいえない。バーのマダムにそっと何気なくそれをいわせて、彼は人生をとじるけれど、そこに人生をとじるにのぞんでの、彼の必死のアポロギア（自己弁明）があることを、見落としてはいけない。彼はソクラテスのように、死にのぞんで、正々堂々たるアポロギアの行なえる男ではない。おのれの愚行醜行を暴露しながらも、彼は「私は神様みたいないい子でした」といいたいのである。

この言葉の前に「あのひとのお父さんが悪いのですよ」という言葉があることを忘れてはならない。この自伝的小説には、ほとんど父のことはでてこない。父を責める言葉はどこにもない。しかし、最後に突然ポッンと、「お父さんが悪いのです」という強烈な言葉が書かれている。まるで大庭葉蔵の全罪悪は、すべて父親にその責任があるように。

この一句も私は深い底意をもった言葉であると思う。実際、彼の地獄は、彼の生まれた家を考えなくては理解できない。そして父が、父にたいする憧憬と反逆が、彼の地獄の主なる要因であったのだ。

道化——地主の価値の表の抜穴

父津島源右衛門は、青森県屈指の大地主であり、広く人びとに尊敬された、いわば地方の天皇であった。その子津島修治、すなわち太宰治は、彼の人格の根底において、最後まで、徹底的に地主的であった。

私は、戦前の日本を支配した天皇制に象徴される地主的人間像の本質を、尊敬されんとする意志にみる。地主は、小作人から勤労の所産である作物を収奪する。何の権利によってか。それは、地主が小作人より先天的にまったくちがった価値をもっていて、その価値ゆえに、地主は当然、小作人から収奪する権利をもつからである。この価値が、人間的品位というものである。地主の小作人にたいする支配力の多くが、品位という価値にかかっているのである。

武力や金力ではなく、品力による支配、私は、天皇制がそういうものであったのではないかと思う。

それゆえ、地主は、なによりここでおのれの支配を正当化するだけの威厳をもたねばならない。尊敬さるべき人間であること、実質はそうでなくてもよい、少なくとも尊敬さるべき人間として他人にはみえること、それが、地主階級がもっとも必要としている「期待される人間像」なのである。地主階級はおのれの子弟に、こうした期待される人間像をあたえたのである。

しかし、このような期待される人間像も、地主階級の利益のためである。したがって、地主はその内面に旺盛な生への意志をもたねばならない。内に旺盛なる生活欲、外には尊敬さるべき人間像、それがまさに地主的人間像の理想でもあり、矛盾でもあった。

太宰治は、このような地主的人間像の表面のみを正直に受け取った。「尊敬さるべき人間にみえること」、それが彼の一生を通じての願いであった。しかし、地主階級がそのうちにかくした旺盛なエゴイズム、それは太宰には、もってはならない悪徳であった。彼は、じつはあまりにまじめに、地主の子弟に与えられる道徳を実践しすぎたのである。

彼は、ほとんど食欲や性欲をもたなかった。食欲や性欲をもたないというのはウソである。食欲がなかったら生きてゆけないし、女にたいして太宰はひどくだらしがない男であった。しかし彼の小説には、食物のおいしさや、性欲のたのしさについての描写がない。彼は仕方なくごはんをたべ、地獄の思いで女と寝ていたようである。これは太宰の抑制であると私は考える。彼は、ものを食べてもおいしいといってはならず、女と寝てもたのしんではいけないのである。彼は性や食の世界より、もっと別なことへの関心をもち続けさせられたのである。

『人間失格』をはじめとする彼の自伝的小説をみると、彼がほとんど意志らしい意志をもっていないのを知る。無意志。彼はただ、「尊敬されんとする意志」のみをもつ。私は、ここに彼の最大の悲劇があったと思う。尊敬さるべきものにみえようとする意志は、他人の眼をあてにした意志なのである。ここで意志は、おのれが欲するという一次的な生々しさを失うのである。『人間失格』において、大庭葉蔵は父になにがほしいかといわれて困る。彼はなにもほしくはないのである。ただ、父に自分がどうみられるかだけが彼には関心事である。意志はまさにここで主体性を失い、ただ他人に尊敬されんとする意志という狭い意志に化してしまったのである。

こういう太宰治が、周囲の人間からまったくちがった人間として、おのれを意識したのは当然である。庶民はもっとたくましい生活意志をもっている。そして地主階級すら、見かけは彼と同じく尊敬されるべき人間像を理想にするが、その内面においてははなはだ旺盛な性欲や食欲、物質欲を秘めているのである。太宰はこういう二重性に虚偽を感じる。

私は、太宰の生活がどんなに汚辱にみえようとも、彼のなかには、だれももたないようなすぐれた徳性が存在したと思う。正直。ウソをいわないことをいうのではない。むしろ太宰はウソが上手である。ウソが上手でなくては小説が書けない。しかし、人が生きるために無意識につくウソすら、彼の良心は鋭い反省の意識にのぼせ、そのウソを明々白々たる認識にさらさずにはいられない。彼はそれをきわめてさりげない様子で、冗談めかしく行なう。人はウソをいうときまじめになる。笑いとともに真理を語れ。彼がはずかしそうに笑いながら語る言葉のなかには、深い真実がかくされている。

尊敬されようとする意志が、地主階級の道徳の、あまりにまじめな実践者であった太宰の基本的な意志であった。しかしその意志は、けっしてじゅうぶんに満足されない意志であったし、その意志自体がすでに不安を宿していた。彼は津島家の六男。六男は、ここではあまり尊敬されない人間なのである。地主制は、土地という財産が分割されることを防ぐために、長子相続制をとる。ここでは本来、長男だけが尊敬さるべき人間なのである。どんなに次男以下ががんばっても、彼らはけっして長男より尊敬されてはならない人間なのである。太宰治は、祖母や母により、兄弟のなかでいちばんきりょうの悪い、ぎょうぎの悪い人間とされる。家のなかでは彼は最低の価値の人間なのである。ここで、彼の唯一の積極的意志である「尊敬されんとする意志」は、大いに傷つく。

そこで彼が考えたのが道化である。わざと道化を演じる。道化のなかには、ひとつの意志がかくされている。それは、道化によって人の注目をえようとする意志である。尊敬によって人の注目をえることは絶望的である。それゆえ「尊敬されんとする意志」は、逆に道化の意志となってあらわれる。尊敬され、他人の注目をうることが一番よい、しかしそれは不可能だ、それゆえ、道化により、親愛と注目をえたらどうだ。多くの道化の意志はそのように語る。太宰治のなかにも、こういう満たされぬ尊敬への憧憬がある。彼は長兄のようになりたいのである。しかしそれは生まれによって禁じられている。とすれば、ただちがった道で、人の注目をあびるよりほかはない。『人間失格』のなかで大庭葉蔵は、人間恐怖のために道化を考え出したという。たしかにそれも、ひとつの原因であろう。尊敬されようとする意志以外に、ほとんど意志らしい意志をもたなかった彼が、多くのたくましい欲望や意志をもった人間に気味の悪い動物を感じたのは当然である。この気味の悪い動物を道化によってなだめようとした、と彼はいう。しかし、道化の意志はそのような消極的な意志にとどまらない。そこには、仮面をかぶったみたされない、尊敬されんとする意志があることに注意する必要がある。

太宰治が尊敬され注目されることより、道化として注目されることを選んだのは、彼が少なくとも長兄よりは尊敬されえないという理由によるのみではない。彼は、尊敬されている人間のなかに、あまりにもきたないものをみたからである。周囲の人からいちばん尊敬されているのは、父。しかし父はどんな人間か。『晩年』のなかの「葉」という小説でそっと彼は、姉様の婚礼の晩に、「父様が離《はな》れ座敷の真暗な廊下で背のお高い芸者衆とお相撲をお取りになつていらつしやつた」と書く。父様のお相撲は少年太宰の心に大きなショックを与えたにちがいない。彼が高等学校時代に書いた小説『無間奈落』『地主一代』などの小説には、父がモデルであると思われる極悪非道といえる地主がえがかれている。女中に手をつけ、妾とし、梅毒をうつして殺してしまう、こういう地主が書かれているのは、彼のマルクス主義が地主の像をゆがめたとしても、彼の父にたいする恨みの強さを示すものであろう。父は彼に、地主社会の虚偽を教えたのである。

地主を頂点とするピラミッド型の人間の価値意識は、地主階級が百姓に強制する価値意識である。しかし下男や下女がこのような価値意識をもっているとは限らない。下男や下女は、どこかでこのような価値意識にたいする反逆の意志を秘めている。権力をもつ地主に反逆することはできない。せめて、地主の子の卑劣さを暴露させよう。太宰は、下男や下女が彼にいたずらを教えたという。このいたずらを彼は銅貨の復讐と感じる。性において、すべての人間は平等に賤しくなる。その賤しさへ地主の子をおとし入れることにより、ひそかな復讐を感じる下男下女のルサンチマンを少年の太宰は感じる。

おのれたちがそれによって生きている価値は、ニセ価値ではないか。その価値は、ウソでできているばかりか、不安定なものであり、どっかでひっくりかえされるのではないか。

大庭葉蔵はいう。「尊敬されかけてゐたのです。尊敬されるといふ観念もまた、甚だ自分を、おびえさせました。ほとんど完全に近く人をだまして、さうして、或るひとりの全智全能の者に見破られ、木つ葉みぢんにやられて、死ぬる以上の赤恥をかかせられる、それが、『尊敬される』といふ状態の自分の定義でありました」

尊敬されるということは、ウソであり、不安である。太宰の唯一の意志である「尊敬されんとする意志」はすでにみたされない意志であった。それとともに、それは裏切られやすい意志であった。道化の意志のほうが安全である。道化の意志が、尊敬されようとする意志の偽装された化身であった。しかし、道化の意志、内に絶望と不安をかくしての道化の意志、こんなものだけで、人生を生きてゆけるというのだろうか。

福本イズムによる自分自身への断罪

年少にしてすでに、彼は破滅への道を余儀なくされた男であった。その後の彼の人生は、この彼の基本的な人間の在り方を、なんら変えようとはしなかった。彼は、死ぬまで地主的な価値観に安住しえない地主の子であった。彼は永久に有徳な地主である津島源右衛門のごくどう息子津島修治であった。

マルキシズム。高校時代の彼はマルキシズムの洗礼を受ける。しかも当時のマルキシズムを指導した理論は福本イズムである。福本イズムは断絶の理論であるといわれる。そこではいっさいの伝統を否定、マルクス主義という絶対に正しい理論と、その唯一の正しい解釈である福本イズムにもとづいて、現実の再創造を行なおうとする。それゆえ、そこで、すべての伝統は、ブルジョワ的、地主的といって否定される。

この否定の鋭さが彼を引きつけた。

「プロレタリヤ独裁。

それには、たしかに、新しい感覚があつた。協調ではないのである。独裁である。相手を例外なくたたきつけるのである。金持は皆わるい。貴族は皆わるい。金の無い一賤民だけが正しい。私は武装蜂起に賛成した。ギロチンの無い革命は意味がない」（『苦悩の年鑑』）

幼年時代から彼をおそった懐疑が、ここに解決を見出した。地主社会に巣くう虚偽を、彼は、よく知っていた。マルクス主義の考えは、まことにもっともである。地主は悪である、地主は倒さねばならぬ。

「しかし、私は賤民でなかつた。ギロチンにかかる役のはうであつた。私は十九歳の、高等学校の生徒であつた。クラスでは私ひとり、目立つて華美な服装をしてゐた。いよいよこれは死ぬより他は無いと思つた。

私はカルモチンをたくさん嚥下したが、死ななかつた」（同前）

しかし、彼自身、おのれの魂の底の底まで地主であることを知っている。おれは倒されるほうの側だ、永久に。

こうして、マルクス主義は彼にとって、彼の地主階級にたいする否定をおしすすめるに役に立ったが、彼に新しい希望をもたせるのになんらの役に立たなかった。マルクス主義は彼にとって希望と解放をもたらすものではなく、絶望と死をもたらすものであった。それは、彼に明るい夜明けを期待さすものではなく、闇の深さに彼をつき落とすものであった。

存在は意識を決定するとはマルクス主義の基本的主張である。たしかにその言葉には多くの真理がある。すべての階級は、おのれに有利な価値の表をもっている。地主階級は地主階級に、労働者階級は労働者階級に有利な価値の表をおのれの価値表として採用する。そして太宰の父たちがもっていた地主的価値の表は、地主階級に有利な価値の表である。そのマルキシズムは労働者と農民に有利な価値の表である。しかし、その価値表を、それぞれの階級が採用すれば、少なくともそこでそれぞれの階級の生は肯定される。しかし、彼は地主階級でありながら、労働者階級の価値の表も採用した。彼は、自己の存在を永久に地主階級に固定しながら、労働者階級にふさわしい価値の表を採用する。そのとき、彼は、地主階級とともに死ぬべき人間として自己を把握することになる。彼がそこで生きることに窒息しそうであった地主階級を、ここでは彼と同じ陣営に属せしめているのである。

当時、マルクス主義の運動に走ったのは、地主やブルジョワの子弟が多かった。多くは彼らの階級的な罪悪意識が、彼らをマルクス主義にかりたてた。このとき、太宰の直面した矛盾は太宰ひとりの矛盾ではなくマルクス主義の運動に走るブルジョワ階級出身の青年すべての矛盾でもあった。

その矛盾の解決はただひとつ、自己改造の道しかないであろう。地主的ブルジョワ的自己を否定し、労働者的農民的自己となる。自己改造、言葉はかんたんであるが、実行は容易ではあるまい。ほんとうに地主やブルジョワの子弟が、まったくのプロレタリアートになれるか。

戦後の進歩的インテリも、こういう矛盾に悩んだはずであった。しかし、多くの進歩的知識人は、そういう矛盾をあいまいにした。彼らの生の意志は、むしろおのれをあいまいにすることにより、良心の痛みに自己をさらさない方法を発見した。彼らはたしかに存在的にブルジョワないしプチブルに属す。このブルジョワないしプチブルの生活から、それなりの喜びをひき出そう。ささやかな小市民的幸福、しかし意識はプロレタリアートだ。意識的にプロレタリアートであることによって、彼らは未来を夢みることができる。存在としての小市民的幸福に加えて、意識としての社会主義的幸福、彼らはおのれをあいまいにすることによって、二重の幸福におのれをつつませる。

このような二重の幸福の意識とまったく反対の二重の不幸の意識が太宰の意識である。彼は、その存在を地主に固定したまま、マルクス主義的価値観をとった。それゆえ、意識においてマルクス主義的であることが、彼に地主的、ブルジョワ的幸福を味わうことを禁じた。そして存在において地主であることが、彼にマルクス主義的な未来世界を夢みる幸福を禁じた。この二重の否定が、彼に与えたマルクス主義の影響であった。

地主階級の罪を背負って、みずから死ぬこと、これが彼のたどりついた結論であった。もちろん、人は思想だけで自殺できるものではない。自殺にいたるには、さまざまな動機がいる。死にたい、死にたいと人は何年も考え続けることができる。しかし、彼らの多くは、自殺しないものである。ただのペシミズムだけでは、自殺を決行する動機にはならない。自殺をためらっているうちに、人はふたたび生への勇気をとりもどす。しかし、ある小さい動機がある人びとを死に追いやる。

もしも『人間失格』の大庭葉蔵を太宰自身とすれば、彼は、ふと知り合ったカフェづとめの女に、金がないことを笑われて死ぬ気になったのである。がまぐちを開けたら、たった銅銭三枚、どだいお金ではない。「たつたそれだけ?」という女の言葉が、彼をとても生きておれない屈辱におとし入れる。死のう死のう。もしこのようなことが死の動機になったとすれば、太宰はまったく不幸な男だ。彼は、おのれが背を向けたはずの地主社会の価値観に、あまりに強くしばられている。金のないことはどうして恥なのか。マルクス主義では、金のあることをむしろ恥としているのではないか。

わびしさだけがとりえのようなその年上の女と投身自殺、女だけが死に、彼は生きかえり自殺幇助罪に問われるが、長兄の尽力により起訴猶予となる。その結果、彼はもう後年における彼の小説家としての名声によっても、ぬぐい切れぬほどの汚辱を身にこうむった。太宰みずから語るところによれば、彼はこの事件で、母や叔母の怒りを受け、二度と家の敷居をまたげぬ身となった。地主階級の罪責を一身に引き受けて、キリストにまねて行なったはずの自殺行為が、地主階級を激怒させたわけである。

「キリスト。私はそのひとの苦悩だけを思つた」(『苦悩の年鑑』)

もはや故郷は太宰にとって帰るところではなくなった。けれど、行くべき未来にも、光明はない。完全な痴呆の生活が彼の生活であった。故郷の田舎芸者、小山初代を妻として、家よりの仕送りでどうにか生活をする。未来の希望は信じられないけれど、彼の絶望的心情は、一種の勇気をもって共産党の非合法運動に入ってゆくのを楽しむ。そしてこの非合法運動に彼は日陰者の魂の安息を感じた。しかし、やがて彼は、一方で妻に裏切られるとともに、一方では運動に絶望を感じてくる。教養も育ちもちがった者を愛しつくすことはむつかしいと同時に、絶望でもって共産党の運動を続けてゆくのが困難であるのを知る。反逆の生活も、けっきょく失敗であった。党からの脱出、裏切り。

今や二つの世界から彼は見放されているのである。地主的世界からみれば、彼は永久の罪人、許される見込みはない。一方マルクス主義の世界からみても、彼は裏切り者であり、許される見込みはない。プロレタリアのひとりである妻、初代との結婚生活も失敗したではないか。キリストなみに、人類の罪を背負って死のうとしたはずの太宰は、一介のドン・キホーテにすぎなかったのではないか。

ふたたび心中、失敗、妻、初代とともに彼は生きかえる。妻との離別。

富士には月見草がよく似合う

昭和十三年から昭和二十年までのあいだは、太宰の苦悩の中休みの時期であったかにみえる。なぜか。新しい結婚と戦争とが、彼の地獄の苦悩に一時の休息を命じたのである。結婚について、どんなに彼が、しおらしい手紙を井伏鱒二に書いているか。どんなに彼が新しい決意で、人生を送ろうとしていたか。

『富嶽百景』は、こうした絶望という病いが、一時いえようとしている太宰によって作られた傑作であろう。富士がテーマである。彼は、結婚をひかえて、山梨県の河口村御坂《みさか》峠の天下茶屋で約六十日を送る。さまざまな富士の風景。私は富士は戦前の日本における価値のシンボルであると思う。天皇制のイメージ、あるいは地主制のイメージではないかと思う。秀麗で崇高な富士、その富士を正面から太宰は賛美しない。太宰の賛美する富士は、妻の不貞を聞かされて、明け方、東京のアパートの便所の窓から見た三角形の富士であり、あるいは、霧で見えない空に、富士の大きい写真を持ち出し、ここに富士が見えますと示された富士である。富士を見てざわめくバスの中で、富士と反対側の月見草をみていた老婆があった。あなたの苦悩はよくわかる、太宰はその婦人のなかにおのれの心をみる。「富士には、月見草がよく似合ふ」、それが太宰の結論である。

巨大な富士に向いあう小さい月見草の存在、そこに彼はおのれの存在を感じていた。巨大な地主的社会、そしてその地主的社会に相対する月見草のごとく生きる、それが太宰のささやかな生の方向であった。人を愛することより、まずおのれ自身を愛すること、キリストの苦悩をまねることをやめて、小市民的な仮面をかぶって、絶望の心をかくし、そして、できたら、荒れ狂う絶望の心のなかに小市民的な仮面を定着させること、仮面が単なる仮面にとどまらず、ひとつの実体的な心になるほど巧みな仮面使いになること、それが太宰の絶望をねむらす生活の知恵であった。

この心の教育法はある程度成功して、彼は表面的には静かな生活のなかに、多くの作品を書いた。いわばこの期間は作家太宰治がいちばん多くの仕事をした時であった。

多くの人が戦争で死ぬ、そういうときに、どうして死を急ぐ必要があろうか。反俗的な作家、太宰は、死が日常化する時代において、死をみずから選ぶとは、いささか美的ではないと思ったのではないか。

疎外された者の必死の復讐

日本は敗けて戦争は終わった。天皇の人間宣言、地主制の廃止。

「天皇の悪口を言ふものが激増して来た。しかし、さうなつて見ると私は、これまでどんなに深く天皇を愛して来たのかを知つた。私は、保守派を友人たちに宣言した」（『苦悩の年鑑』）

三十七歳の太宰は、政治的には保守派を宣言する。それは、戦争中に戦争に非協力であり、その意味で立派であった太宰を知る多くのものにとって、意外であった。しかし、それは、あの富士と月見草の比喩から当然なのである。月見草は富士と相対するところでよく似合うのである。富士が、天皇制と地主制とが廃止されたら、月見草は生きられないのである。戦後になって、彼は心のなかに大きな虚妄を感じた。

『トカトントン』はこのような彼の虚妄の心を示すものであるといえよう。二十六歳の男が、小説家にたいして心の虚妄について問うという形の小説である。

昭和二十年八月十五日、私たちは兵舎の前で陛下みずからの御放送をきいた。若い中尉は涙をぼたぼた落とし、私も死のうと思った。しかし、どこからかトカトントンという音がした。それを聞いたとき、私は憑きものが離れたように、きょろりとなり、どうにも白々しい気持となり、いかなる感激もなくなった。

それからいつも、私の心にはトカトントンの音が聞こえるようになった。なにか物事に感激し奮い立とうとすると、どこからともなくトカトントン、その音が聞こえるといっさいのことが空しくなる。小説を書いてさあ完成しようとするとトカトントン、恋をしてキスをしようとするとトカトントン、政治運動をしようとするとトカトントン、いったいあの音はなんでしょうか。

この問いに作家は「身を殺して霊魂《たましひ》をころし得ぬ者どもを懼《おそ》るな、身と霊魂《たましひ》とをゲヘナにて滅《ほろぼ》し得る者をおそれよ」という「マタイ伝」の言葉をあげて答える。

この『トカトントン』という小説は、戦後の日本人の心情を実に適確に表現している。いっさいの価値が崩壊し、何物も空しいようなニヒリズム、このようなニヒリズムの状況に、太宰治はまことに適合した作家であった。彼はたちまちのうちに流行作家になった。名声と金。多くの作家を夢中にさせる名声と金も、彼の絶望の心にとって、なんらの意味をもたなかった。彼は入ってくる金を片っぱしからつかった。大勢の女との情事。情事をしながら、彼は家族のことを思った。無頼の父をもつために、地獄の苦しみを苦しむ妻子のことを彼は思った。その苦しみを、道化た口調で彼は語った。読者は、彼の真剣さと同時に軽薄にたいしても、多くの拍手を送った。彼はよけい一生懸命に道化た。しかし道化れば道化るほど、彼の心はやりきれなかった。心にはどうしようもない地獄の心をもち、身には道化の微笑をおびて、彼は虚無の踊りを踊った。群衆の熱烈な拍手に彼の心はますますやりきれなくなった。

昭和二十三年六月、自伝小説『人間失格』を形見に残して、山崎富栄とともに入水自殺、いくたびかの自殺や心中の企ての末の成功である。

この太宰の人生にたいして、私はひとつの問いを問いたい。彼にとって書くとはいったいなんであったか。

「僕はなぜ小説を書くのだらう。新進作家としての栄光がほしいのか。もしくは金がほしいのか。芝居気を抜きにして答へろ。どつちもほしいと。ほしくてならぬと。ああ、僕はまだしらじらしい嘘を吐いてゐる。このやうな嘘には、ひとはうつかりひつかかる。嘘のうちでも卑劣な嘘だ。僕はなぜ小説を書くのだらう。困つたことを言ひだしたものだ。仕方がない。思はせぶりみたいでいやではあるが、仮に一言こたへて置かう。『復讐。』」（『道化の華』）

これも太宰らしい含羞《がんしゅう》の言葉である。仮に一言「復讐」とこたえておこうという。しかし、私はそれは太宰の本心だと思う。太宰は、現世のあらゆる価値から疎外されている男であった。倫理的には、保守派の側からも、進歩派の側からも許されない男であった。おのれの許されがたさを太宰はよく知っている。せめて小説で、彼はおのれのアポロギアを試みるのである「葉ちゃんは、とてもよい人です」と彼はだれかにいってほしいのである。けれど、現実にはこういってくれる人はない。それゆえ、小説で、彼は極悪なおのれを弁明し、人間の弱さをしらないあらゆる文明を断罪するのである。ひそかなる価値の復讐が彼の小説にはもられている。価値を転換し、おのれの生存の意味を確信させる。それゆえに、彼は必死で小説を書いた。金や地位のためではなく、おのれのアポロギアのために書いているのである。よいものを書けなかったら死んだほうがましなのである。こういう必死の意志が、彼に小説をつくらせた原動力であった。

しかしけっきょく、彼は文学というものが、しょせん人生にかなわないことを知っていた。彼のつくった、また彼がこれからつくりうる全作品をもってしても、彼の絶望はいやされなかった。彼は、小説家としての栄光のさなかに、罪悪感にかられて死んだ。

私のなかの地獄・巨大な地獄の予感

太宰治が死んだとき、私は京大哲学科の三年生であったが、太宰とかなり近い心境にあった。私は、太宰の作品は、ことごとく読み、太宰の心境が、私の心境のようにわかったので、私は彼の死を、だいぶん前から予感した。太宰の『如是我聞』の思いきった志賀直哉批判は、もうヤブレカブレの心である。太宰のような気の弱い男が、死の覚悟なしに、あんなに強いことをいえるはずはない。そして『人間失格』、そして次の小説が『グッド・バイ』である。私は彼が人生に別れを告げようとしているのが、遠くにいて、目にみえるようにわかった。

太宰のように死にたいと、当時、私は思ったが、私が死ななかったのは、必ずしも、太宰のような死の道づれがなかったためでもない。私のなかには、太宰よりはるかに強い、はるかに俗な生の力があったからであろう。

私は太宰のなかに、もっとも不幸にして誠実な魂をみる。地獄へしか行きようのない魂よ。しかし幸福で、誠実な魂というものはありえないか。太宰は、おのれが死ぬことだけを願った。しかし賢治は、他人のために死ぬことだけを願った。太宰には否定の苦しみのみがあったが、賢治には信仰の恍惚が、修羅の涙と同居していた。今の私は、太宰の絶望より、賢治の恍惚をえらびたい。もとより生涯童貞、聖者のごとき賢治の生活は、煩悩無尽、愛欲熾烈な私のよく学びうるところではない。しかし、太宰が思うように、人生は、ただ否定面だけではないのではないか。幼年時代の太宰は寺で地獄絵をみて、それが彼の一生を支配した。しかし、極楽の図もそこにあったのではないか。そして親鸞は、あの光り輝く生の光明を説いたのではないか。

太宰の生にはなにかがたりない。なにがたりないか。意志がたりないのである。意志は彼にとってただ尊敬されんとする意志としてのみ存在する。意志の病。意志の病が誠実な自己反省をもつ魂と結びついたのだ。

われらの生が多くの苦悩と虚偽と罪悪にみちているにしても、なおかつわれらの生は生きるに値する生ではないか。深い地獄とともに、深い極楽が生のなかには存在していないか。

さまざまな地獄を私はみた。日本の文学には、地獄の伝統が貫いている。直接的あるいは間接的に、多くの文学は地獄思想の影響のもとに立つ。それは日本人の生の苦悩にたいするまじめさを示すのだ。われわれはその伝統を大切にしよう。

しかし、その地獄の多くがあまりに個人的すぎる地獄であることが、いささか気になるのだ。世界が地獄へ落ちてゆくのは『平家物語』だけである。しかし、今、世界は地獄に落ちてゆこうとするのではないか。戦いの文化であるヨーロッパ文化の圧倒的伝統のもとにある世界は、今や、全世界をいっきょに破壊させるかのごとき武器でもって、世界を地獄に化そうとしているのではないか。今もベトナムで起こっている小地獄は、きたるべき大地獄への前ぶれではないか。

世界と人生にひそむ地獄を深く凝視せよ。それのみが極楽への道である。――それが仏教の、大乗仏教の教えた真理なのである。

あとがき

今、一冊の本を書きおろして、私はさわやかな心でいる。三月から六月まで、約三月の間、私はこの本のことで頭がいっぱいであった。軽率にも、四月末には必ず原稿ができると「中公新書」の編集部に約束したが、四月末にはできず、部長の金子鉄麿氏をはじめ、編集部一同にご迷惑をかけた。心からおわびしたい。

終りに、この本の由来について一言。奈良本辰也氏の推薦で、野中正孝君が私に「地獄の思想」という本をたのみにきたのは、もう六、七年前である。そのとき私はためらった。まだ私にはそのようなものを書く必然性が生じていないと思われたからである。野中君は何度もすすめたがやがて他の部へうつり、「地獄の思想」の話は、立ち消えになったかたちであった。ところが二年前、高橋和巳氏の推薦で、竹見久富君が、まったく同じテーマをもってきたのである。高橋氏はもちろん前の話を知らない。ただ「地獄の思想」を書いてはどうかというわけである。よくよくの因縁である。奈良本氏と高橋氏は、学問においてばかりでなく、日常生活においても接触の多い私の先輩と同僚である。深く私を知っているひとである。私のどこかに彼らは地獄をみたのかもしれぬ。私の心は若干動いた。しかし、私がやっと地獄を書く気になったのは、昨年の暮である。ああ、地獄を書きたい、私の生が、全身全霊でそう叫ぶのをたしかに私は聞いた。書きながら、書き足りない多くの点があることを感じた。答えられなかった問題は明日からの問いとしよう。

多くの人の助力によってこの本はできた。私はすべての人に感謝の心を示したい気持でいっぱいである。

昭和四十二年六月

梅原　猛

改版にあたって

私が『地獄の思想』を書いたのは昭和四十二年、今から四十年前である。以後、中公新書で五十七刷及び中公文庫で六刷を重ね、私の著書として『隠された十字架——法隆寺論』などとともにもっともよく読まれた本である。

当時、私の心に一つの地獄があった。その地獄から脱出するために私は地獄の思想を探り、それが日本文学にいかに影響を与えたかを論じた。そして地獄を客観的に観相することによって私自身地獄から脱した。

従来の日本文学研究は仏教を否定した国学の影響のもとに立っているが、このような立場に立つかぎり日本の文学は深く理解できないことを私はこの著書を書きながら痛感した。この立場はその後も一貫した私の立場であり、今また新たに中世文学、特に能の研究に入っている。今後も『地獄の思想』のような激しい情熱の新しき発見の書を書きたいと思っている。

平成十九年二月

梅原　猛

解　説

小潟　昭夫

梅原猛さんの『地獄の思想』は、何度読みかえしても凄烈にして果敢な書物である。なぜ地獄の思想なのか、なぜ日本文学における仏教の役割が問題なのか、こういう哲学的文学的問いを問う梅原猛という人間はいったいいかなる人間なのかを問わなければならない。これまでに私は三度ほど梅原さんにお会いする機会にめぐまれた。『三田文学』で「わが思索のあと」（昭和四十九年）という対談シリーズにご登場ねがったとき、『総合教育技術』で「柿本人麿の世界」（昭和五十三年）という対談でその後の梅原さんの歩みをうかがったとき、そして昭和五十三年の夏に留学先のパリに梅原さんのご一家が立ち寄られたときである。そのたびに梅原さんは強烈な印象を残していったけれど、いつもにこにこした笑顔の背後に本当は淋しさをうちに秘めていた人ではなかったか。学問にせよ人との交際にせよ全身でたいしてこられる梅原さんはその場その瞬間を精一杯生きるかたなので、その集中し凝集した精神の姿が読むものをしてあるいは相対するものをして強い印象となっていつまでも心に残るのであろう。

梅原さんの内部から発するこのエネルギーはいったいなにゆえなのだろうか。この『地獄の思想』を書かれた当時（昭和四十一年）の梅原さんは、意気軒昂たる論争家で、思想界や文学界の大物を片っぱしから論難していた。『禅と日本文化』の鈴木大拙や『日本精神史研究』の和辻哲郎をはげしく批判した「日本文化論への批判的考察」や『三島由紀夫氏への公開状』などがそれである。議論になじまぬ日本の学界に突きつけたものだから、関西にものすごい学者がいるという評判になった。『地獄の思想』の意図も「私は、この書では仏教思想の影響を全く無視し、日本の文学を考える在来の日本文学史にたいする抗議の心を秘めてこの本を書いた」（『学問のすすめ』）といっているように、訓詁注釈といった文献学に甘んじている微温的な国文学者たちへの挑戦状であった。

しかしそうした意気軒昂たる外へ向けての批判精神とは裏腹に、内なる苦しみに悩んでいた節がある。内なる苦しみ、その実体はなんであったのか、本当のところは梅原さんに訊いてみなければわからないけれど、その鍵はこの『地獄の思想』の随所にちりばめられているように思う。

「わが心のなかにどうにもならぬ煩悩がある」「われわれの心は、愛欲、名利欲、そして虚偽の心の海である」「このような愛欲の苦しみに、たいていの人は一度や二度は落ち込むのではないだろうか」「親鸞は時代と人間の悪をなによりも自己のなかにみる」といった一般的言辞は、最後には、「私のなかには、太宰よりはるかに強い、はるかに俗な生の力があったからであろう」とか「煩悩無尽、愛欲熾烈な私」というようになる。まさに梅原猛という作者の私的な告白を聴くおもいがする。

梅原さんが人間の情念ことに愛欲について語るときの語り口がじつに生きいきとしていて、まるで自身のことを語っているかの感じを受けるが、はたしてそうした熾烈な経験を梅原さんは内部に隠しもっておられ、本書を契機に言葉となって炸裂したのではないかと推察されるのである。

本書が説得力をもっているのは、作者と読者が同一の地平に立って論旨が展開するからである。梅原さんは殺し文句のじょうずな学者で、われわれ読者は梅原流殺し文句にころりとまいってしまうのである。ちょうどプレイボーイに声をかけられて身を許してしまう生娘のように。

それはともかく、本書で発せられる自己にたいする戒めは、また現代の安易な享楽主義的風潮にたいする戒めとなって全篇をつらぬくことになる。すぐれた学者がすぐれた文明批判者であるゆえんである。釈迦にたいしてキリストを対置させるところといい、親鸞を論じてイワン・カラマゾフに比喩するところといい、能にたいして元曲を対比させるところといい、梅原さんがいかに相対感覚にひいでておられるかの証左であろう。

梅原さんは言論界に対話ブームを起こした最初の人のひとりであった。対話こそまさに相対の起源である。当時、仏教界や美術界さらに大学人のかたがたと仏像について対論し、仏文学者の桑原武夫や原子物理学者の湯川秀樹や法学者の末川博と現代について対話し、また小説家の高橋和巳や民族学者の梅棹忠夫や思想家の鶴見俊輔などと未来について精力的に対話している。そうした対談をとおして人と人との交遊をあたためると同時に、さまざまな思想をおのれのなかに組み入れていった。この開かれた精神が梅原さんの学問にどれほど裾野を広くしたか測り知れないものがあろう。

そうした相対感覚に支えられた一連の論考には、いかにテキストを読むかという方法論的認識論的な問題が隠されていることに気づかれたと思う。本居宣長の「読み方《レクチュール》」批判にみられるように、学問とはいかに文献を読むかにあるといって過言ではない。梅原さんは仏典という隠れただがきわめて豊饒な文学をわれわれ凡俗のやからに提供してくれた聖なるものの使者なのではないか。

では梅原さんにとって書くという行為はなんであったのか。後年、梅原さんは考える愉しさや書くことの喜びをどこかで述べておられたが、はたしてそうだったのか。「仏教と日本文学との関係の発見」の喜びを読者に伝えたいという、はやる気持ちが文章にみえるだろう。けれども、この『地獄の思想』のエクリチュールにはそうした明晰な論旨の展開の奥底に作者の情念が渦を巻いていたのである。熾烈にして時に乱暴なまでの激越な口調に当時の梅原さんの魂の状態《エタ・ダーム》になにか尋常でないものを感じるのは私だけであろうか。梅原さんの地獄の思想は、おのれの小暗い魂の叫びではないかと思う。この意味で一篇の詩である。きわめてヴィジョネールな梅原猛の叙事詩なのである。

「どこかで、この浮舟の断念は式部の断念であったのではないか。そしてその断念から、『源氏物語』という偉大な物語が書かれているのではないか」

すばらしい直観であり、さもありなんであるが、こうした直観的断定を下すには、よほどの内部の苦悩を経たものにしかできないと思う。作家のエクリチュールの契機を推察するときの梅原さんの内部に作家がいるのである。世阿弥を「価値の反逆者」といい、太宰治の小説にはひそかな価値の復讐がもられているという梅原さんの判断はいささか性急の感じもなきにしもあらずだが、人はなぜ書くのかというもっとも根源的な問いを問わずして文学者を語れない梅原さんのなかにきわめて正統な批判精神を見ないわけにはいかない。

梅原さんは世阿弥のなかに価値転倒の論理を見抜いたが、梅原さん自身が、梅原さんの学問そのものが、価値の逆転を体現していたのではなかったか。私は梅原猛の内部に闇のなかに光を見出すといった光と闇のドラマトゥルギーを見る。それゆえ、『地獄の思想』を書く梅原猛自身が救う人でもあり救われる人でもあったのである。この意味で本書は自己告発の書であると同時に自己救済の書であると言えやしないか。

現世にたいする義憤が随所にみられ、エセ思想家や女にたいするルサンチマンに満ちた『地獄の思想』が出版されてもう十六年経ったが、その間、俗にあって俗に流されず、野にあって野に下らず、権力にあって権力におぼれず、権威的なものにものおじしない自由闊達な精神を飛翔させて学問を続け、京都市立芸術大学の学長という要職を全うし、梅原猛著作集全二十巻という金字塔を打立てて、文字通り大家になられた梅原さんは、まろやかにして慈悲深い人と変貌なされた。けれども母方の東北の血が流れる暗い情念をうちに宿し、父方の名古屋ッ子のあかるい明晰な論理力にめぐまれた梅原猛にいつもこのアンビヴァレントな無数の声を発する魂がうちふるえわなないているかぎり、創造行為はやむことはないのである。

『地獄の思想―日本精神の一系譜』一九六七年六月　中公新書
本書は文庫版（一九八三年九月刊）を改版したものです。

中公文庫

地獄《じごく》の思想《しそう》
——日本精神《にほんせいしん》の一系譜《いちけいふ》

1983年9月10日　初版発行
2007年5月25日　改版発行
2019年8月25日　改版4刷発行

著　者　梅《うめ》　原《はら》　猛《たけし》

発行者　松　田　陽　三

発行所　中央公論新社
〒100-8152　東京都千代田区大手町1-7-1
電話　販売 03-5299-1730　編集 03-5299-1890
URL http://www.chuko.co.jp/

ＤＴＰ　ハンズ・ミケ
印　刷　三晃印刷
製　本　小泉製本

Published by CHUOKORON-SHINSHA, INC.
Printed in Japan　ISBN978-4-12-204861-4 C1121

中公文庫既刊より

各書目の下段の数字はISBNコードです。978－4－12が省略してあります。

う-16-3
日本人の「あの世」観　梅原　猛
アイヌと沖縄の文化の中に日本の精神文化の原形を探り、人類の文明の在り方を根本的に問い直す、知的刺激に満ちた日本文化論集。〈解説〉久野　昭
201973-7

な-14-4
仏教の源流――インド　長尾雅人
ブッダの事蹟や教説などを辿るとともに、ブッダの根本教理である縁起の思想から空の哲学を経て、菩薩道の思想の確立へと至る大成過程をあとづける。
203867-7

ひ-19-1
空海入門　ひろさちや
混迷の今を力強く生きるための指針、それが空海の肯定の哲学である。人類普遍の天才の思想的核心をあくまで具体的、平明に説く入門の書。
203041-1

ひ-19-4
はじめての仏教　その成立と発展　ひろさちや
釈尊の教えから始まり、中央アジア、中国、日本へと伝播しながら、大きく変化を遂げた仏教の歴史と思想を豊富な図版によりわかりやすく分析解説する。
203866-0

ま-9-5
理趣経　松長有慶
セックスの本質である生命力を人類への奉仕に振り向け、無我の境地に立てば、欲望は浄化され清浄となる。明快な真言密教入門の書。〈解説〉平川　彰
204074-8

い-25-6
イスラーム生誕　井筒俊彦
現代においてもなお宗教的・軍事的一大勢力であり続けるイスラームとは何か。コーランの意味論的分析から、イスラーム教の端緒と本質に挑んだ独創的研究。
204223-0

い-25-4
東洋哲学覚書　意識の形而上学　『大乗起信論』の哲学　井筒俊彦
六世紀以後の仏教思想史の流れをかえた『起信論』を東洋的哲学全体の共時論的構造化の為のテクストとして現代的視座から捉え直す。〈解説〉池田晶子
203902-5

い-25-5
イスラーム思想史
井筒俊彦

何がコーランの思想を生んだのか——思弁神学、神秘主義、スコラ神学と、三大思想潮流とわかれて発展していく初期イスラム思想を解明する。〈解説〉牧野信也

204479-1

S-18-1
大乗仏典1 般若部経典
金剛般若経／善勇猛般若経

長尾雅人
戸崎宏正 訳

「空」の論理によって無執着の境地の実現を目指す『金剛般若経』。固定概念を徹底的に打破し、「真実あるがままの存在」を追求する『善勇猛般若経』。

203863-9

S-18-2
大乗仏典2 八千頌般若経I
梶山雄一 訳

多くの般若経典の中でも、インド・チベット・中国・日本など大乗仏教圏において最も尊重されてきた『八千頌般若経』。その前半部分11章まで収録。

203883-7

S-18-3
大乗仏典3 八千頌般若経II
梶山雄一
丹治昭義 訳

すべてのものは「空」であることを唱道し、あらゆる有情を救おうと決意する菩薩大士の有り方を一貫して語る『八千頌般若経』。その後半部を収める。

203896-7

S-18-4
大乗仏典4 法華経I
松濤誠廉
長尾雅人
丹治昭義 訳

『法華経』は、的確な比喩と美しい詩頌を駆使して、現実の人間の実践活動を格調高く伝える讃仏・信仰の文学である。本巻には、その前半部を収める。

203949-0

S-18-5
大乗仏典5 法華経II
松濤誠廉
丹治昭義
桂紹隆 訳

中国や日本の哲学的・教理体系の樹立に大きな影響を与えた本経は、今なお苦悩する現代人の魂を慰藉してやまない。清新な訳業でその後半部を収録。

203967-4

S-18-6
大乗仏典6 浄土三部経
山口益
桜部建
森三樹三郎 訳

阿弥陀仏の功徳・利益を説き、疑いを離れることで西方極楽浄土に生まれ変わるという思想により、迷いと苦悩の中にある大衆の心を支えてきた三部経。

203993-3

S-18-7
大乗仏典7 維摩経《ゆいま》・首楞厳三昧《しゅりょうごんざんまい》経
長尾雅人
丹治昭義 訳

俗人維摩居士の機知とアイロニーに満ちた教えで、空の思想を展開する維摩経。「英雄的な行進の三昧」こそ求道のための源泉力であると説く首楞厳経。

204078-6

各書目の下段の数字はISBNコードです。978－4－12が省略してあります。

S-18-8 大乗仏典8 十地経
荒牧典俊訳
「菩薩道の現象学」と呼び得る本経は、菩薩のあり方やその修行の階位を十種に分けて解き明かし、大乗仏教の哲学思想の展開過程における中核である。
204222-3

S-18-9 大乗仏典9 宝積部経典 迦葉品／護国尊者所問経／郁伽長者所問経
長尾雅人 桜部建訳
「世界の真実を見よ」という釈尊の説いた中道思想を易しく解説し、美しい言葉と巧みな比喩によって「心とは何か」を考察する「迦葉品」。
204268-1

S-18-10 大乗仏典10 三昧王経Ⅰ
田村智淳訳
本経は、最高の境地である「空」以上に現実世界での行為に多くの関心をよせる。格調高い詩句と比喩を駆使して、哲学よりも実践を力説する物語前半部。
204308-4

S-18-11 大乗仏典11 三昧王経Ⅱ
田村智淳 一郷正道訳
真理は、修行によってのみ体験しうる沈黙の世界である。まさに「三昧の王」の名にふさわしく、釈尊のことばよりも実践を強調してやまない物語後半部。
204320-6

S-18-12 大乗仏典12 如来蔵系経典
高﨑直道訳
衆生はすべて如来の胎児なりと宣言した如来蔵経、大乗仏教の在家主義を示す勝鬘経など実践の主体である心を考察する深遠な如来思想を解き明かす五経典。
204358-9

S-18-13 大乗仏典13 ブッダ・チャリタ（仏陀の生涯）
原実訳
世の無常を悟った王子シッダルタを出家させまいと誘惑する女性の大胆かつ繊細な描写を交え、人間仏陀の生涯を佳麗に描きあげた仏伝中白眉の詩文学。
204410-4

S-18-14 大乗仏典14 龍樹論集
梶山雄一 瓜生津隆真訳
人類の生んだ最高の哲学者の一人龍樹は、言葉と思惟を離れ、有と無の区別を超えた真実、「空」の世界へ帰ることを論じた。主著『中論』以外の八篇を収録。
204437-1

S-18-15 大乗仏典15 世親論集
長尾雅人 梶山雄一 荒牧典俊訳
現象世界は心の表層に過ぎない。それゆえ、あらゆるものは空であるが、なおそこに「余れるもの」が基体としてあると説く世親の唯識論四篇を収める。
204480-7